古典文藝研究輯刊

二九編

第 **11** 冊

安慶民歌研究

孫晨薈 著

國家圖書館出版品預行編目資料

安慶民歌研究／孫晨薈 著 -- 初版 -- 新北市：花木蘭文化事
業有限公司，2024〔民 113〕
目 8+166 面；19×26 公分
（古典文學研究輯刊　二九編；第 11 冊）
ISBN 978-626-344-561-1（精裝）
1.CST：民謠 2.CST：民間音樂 3.CST：樂理
4.CST：安徽省安慶市
820.8　　　　　　　　　　　　　　　112022459

ISBN-978-626-344-561-1

古典文學研究輯刊
二九編　第十一冊　　　　　　　ISBN：978-626-344-561-1

安慶民歌研究

作　　者　孫晨薈
總 編 輯　杜潔祥
副總編輯　楊嘉樂
編輯主任　許郁翎
編　　輯　潘玟靜、蔡正宣　美術編輯　陳逸婷
出　　版　花木蘭文化事業有限公司
發 行 人　高小娟
聯絡地址　235 新北市中和區中安街七二號十三樓
　　　　　電話：02-2923-1455／傳真：02-2923-1452
網　　址　http://www.huamulan.tw 信箱 service@huamulans.com
印　　刷　普羅文化出版廣告事業
初　　版　2024 年 3 月
定　　價　二九編 21 冊（精裝）新台幣 56,000 元

安慶民歌研究

孫晨薈 著

作者簡介

孫晨薈（1977～），中國藝術研究院音樂研究所副研究員。出版《谷中百合——傈族與大花苗基督教音樂文化研究》、《雪域聖詠——滇藏川交界地區天主教儀式與音樂研究》、《天音北韻——華北地區天主教音樂研究》、《眾靈的雅歌——基督宗教音樂研究文集》等多部獲獎專著。學術權威《牛津手冊》之 THE OXFORD HANDBOOK OF THE BIBLE IN CHINA 專書論文「The Bible and Chinese Church Music」作者。美國杜克大學雅歌文藝獎終審評委。

提　　要

　　本書是依據筆者父親陳國金（1946～）留存四十多年的音樂田野調查《民間音樂彙編·第一集》、《安慶地區民間音樂·第二集》兩本油印本原始資料（陳國金主編1980年），以及他幾十年來持續對安慶民歌收集、挖掘、整理、彙編和研究發展工作的口述歷史和業績成就的基礎上所撰寫的研究專著。

　　這兩本油印資料是20世紀70～80年代被譽為「文化長城」——長達三十年全國數萬名音樂工作者參與的中國民族民間音樂集成項目中完成的一手地方民間音樂調查成果之一，也是當年民歌集成未刊的原始資料之一。四十年多後的今天對安慶民歌的瞭解需站在更高更深的理論角度，即為「集成後」的工作意義。本書力求在原始資料的基礎上多方位探索，通過大量譜例的分析比對，深挖地方民歌的音樂本體核心，總結地方民歌的音樂文化特徵，提煉地方民歌的音樂理論體系。

　　全書分為安慶民歌概況、安慶民歌音樂研究、安慶民歌色彩區域研究、安慶民歌與皖西南戲曲音樂關係研究四章。主要內容是在五百多首歷史曲譜資料的基礎上，進行音樂理論和作曲技法的分析比對，提出八地共有的主題基本音調——「基音」之核心觀點，再以此為基礎進行各地民歌色彩區域的分析論述，並進一步延伸探討安慶民歌是如何作為地方音樂、曲藝和戲曲唱腔的發展土壤與生長根基。

目

次

圖片索引

第一章　安慶民歌概況

第一節　研究緣起與先行研究

一、研究緣起

　　本書是依據筆者父親陳國金（1946～）留存四十多年的音樂田野調查《民間音樂彙編・第一集》、《安慶地區民間音樂・第二集》兩本油印本原始資料（陳國金主編 1980 年），以及他幾十年來持續對安慶民歌收集、挖掘、整理、彙編和研究發展工作的口述歷史和業績成就的基礎上所撰寫。

　　作為 20 世紀 80 年代《中國民間歌曲集成・安徽卷》安慶市分卷原始未公開出版的內部資料，其編纂大背景是新中國以來前無古人的音樂恢弘卷冊——《中國民族民間音樂集成》（以下簡稱《集成》）系列項目。

　　1979～2009 年，歷時三十年的《集成》系列記錄了橫貫中國三十個省、直轄市和自治區地方音樂的詳實資料和樂譜，每省均包括民歌、曲藝、戲曲、器樂和舞蹈幾大類。〔註1〕收錄的資料絕大部分來自新中國成立以來全國各縣、市、省基層地方的大規模田野調查和編輯整理，具體工作主要依靠各地文化行政部門及音樂家協會等單位協同完成。

　　規模浩大的《集成》可謂是中國民族和民間音樂百科全書式的浩瀚文獻資

〔註1〕整個集成系列分類共有十個專項，包括民間歌曲、民間器樂、民間舞蹈各一種；戲曲、曲藝各兩種（文獻類《中國戲曲志》、《中國曲藝志》及音樂類《中國戲曲音樂集成》、《中國曲藝音樂集成》）；文字集成（民間故事、歌謠、諺語）各一種。

料巨著，其歷史價值和貢獻無論怎樣肯定都不為過。同時，它的缺陷也是顯而易見的，在編纂過程和出版後續中也引發了不斷的討論和思考。當年入選《集成》的內容僅有原初資料的十分之一，大多數珍貴且沒有出版的原始資料至今仍未公開地保留在民間或基層當中。因此，「集成後」的研究應成為這一偉大成果的深入和補足。在這些卷冊的表象之下，有數以千計值得深挖的課題，[註2]修訂、補充以及充分地利用研究應是後一代學者的關注重心。

本書撰寫所依據的兩本油印本及其他資料，即是上個世紀全國音樂集成工作開展下的一手卷本。陳國金是當年安徽省安慶地區相關工作中最主要的領導人之一、音樂工作者、直接參與者和主編。作為當今安慶最重要和最具代表性的民歌理論者、演唱傳承者、非遺顧問以及該地傳統音樂文化的專家之一，他本人的工作成果和相關成就亦是安慶民歌不可分割的一部分，因此書中有單獨章節敘述。

本書分為安慶民歌概況、安慶民歌音樂研究、安慶民歌色彩區域研究、安慶民歌與皖西南戲曲音樂關係研究共計四章。核心內容是在五百多首歷史曲譜資料的基礎上，進行音樂理論和作曲技法的分析比對，提出八地共有的主題基本音調──「基音」之主要觀點，以此為基礎進行各地民歌色彩區域的分析論述，並延伸探討安慶民歌是如何作為地方音樂、曲藝和戲曲音樂的發展土壤與生長根基。

民歌研究需要大量的曲譜資料。由於篇幅限制，僅在書中需要音樂分析的部分舉例相關的安慶民歌五線譜譜例一百餘首，而作為集成成果的1980年兩本安慶民間音樂原始油印本以及搜集到的民間保存散頁資料等五百餘首民歌（原譜全部為簡譜）並不在此次的出版之列，與之相對應的相關音頻資料同樣也不列入本次的出版。由於集成時代的條件所限，歷史錄音大多未能留存，這也成為20世紀《集成》工作中最大的遺留問題之一。筆者目前能搜集到的歷史音頻資料，包括各區縣存留的部分歷史錄音、中國藝術研究院藝術與文獻館藏部分歷史錄音，以及多位民歌傳承者部分歌曲的再錄製等，這些也為未來安慶民歌進一步的深化研究發展打下了必備的資料基礎。

本書也可以說是籌備了四十多年的地方傳統民歌研究項目，是基於珍貴歷史資料深入探索的研究成果。通過大量譜例的分析，比對深挖地方民歌的

〔註2〕鍾思第著，吳凡譯，《字裏行間閱讀《集成》──評宏偉卷冊《中國民族民間音樂集成》》，《中國音樂學》，2004年第3期，第103～128頁。

本體特點，總結出地方民歌的文化特徵，以此提煉地方民歌的音樂理論，以此探討音樂背後的文化意義和屬性。這也是「集成後」研究的學術價值和現實意義所在，特別能幫助地方傳統音樂文化的理論研究進一步提高完善邁向體系化，對中國傳統音樂文化和非物質文化遺產的保護提供積極的理論意義和現實的應用價值。

二、先行研究

　　關於安慶民歌的先行研究，有陳國金及與筆者合作及獨著的論文《安慶民歌音樂研究津要》(1)(2)、《安慶民歌與皖西南戲曲音樂關係研究》〔註3〕和為數不多的相關民歌音樂形態研究、國家級民間文學類非遺項目桐城歌音樂研究的論文，〔註4〕以及王秋貴的《安慶民歌例說》〔註5〕。

　　豐富多樣的安慶民歌一直未受到應有的關注，這其中有多種因素。筆者認為突出的因素之一是，安慶本地的藝術以戲曲尤其以黃梅戲聞名，全國影響力廣大，全市及下屬縣區大多數專業音樂工作者多將目光聚焦於黃梅戲及其音樂創作，相比之下當地民歌作為戲曲、曲藝的源發土壤一直未能受到應有的重視。而從歷史資料和省民歌集成的輯選來看，安慶民歌的特色似乎並未像其他地區（如五河、鳳陽、巢湖、當塗以及大別山等地）〔註6〕那樣突出，本書也將對這些歷史看法提出自己的研究觀點。

　　相比之下，擴展到整個安徽省的民歌研究有不少可圈可點的成果，主要

〔註3〕陳國金，《安慶民歌音樂研究津要》(1)，《黃梅戲藝術》，2022年第4期，第10～16頁。陳國金、孫晨薈，《安慶民歌音樂研究津要》(2)，《黃梅戲藝術》，2023年第1期，第13～23頁。孫晨薈，《安慶民歌與皖西南戲曲音樂關係研究》，《中國音樂學》，2023年第3期，第66～76頁。這也是本書的部分內容。

〔註4〕涉及安慶民歌音樂形態研究的論文有陳曉《安徽民歌中的「三度創腔」》，《安陽師範學院學報》，2018年第1期，第148～150頁。桐城歌的研究多專注於歷史文學層面，音樂研究論文主要有王安潮，《桐城歌音樂形態研究》，《藝術百家》，2016年第4期，第87～92、104頁。徐慧俊，《桐城歌音樂特徵探析》，《長江大學學報》（社會科學版），2013年第6期，第3～4頁。

〔註5〕王秋貴編著，《安慶民歌例說》，安徽文藝出版社，2016年。內容為歌詞編類簡述和部分曲譜附錄，全書未涉及音樂研究。

〔註6〕鳳陽、巢湖、當塗以及大別山等地的民歌是安徽省民歌的代表，後陸續成為國家級非遺項目，但這些地區並沒有出現戲劇化及程式化的代表性戲曲大劇種。安徽省戲曲的主要代表性和全國性大劇種為安慶黃梅戲，這跟安慶作為安徽古老的百年省會及其文化經濟的發展不無關係，但安慶民歌的發展似乎就被混融並掩蓋在戲曲的光輝之下。

集中在資料整理、理論研究和文論述評三個方面。〔註7〕其中，分地區的民歌研究聚焦在陸續成功申報並納入國家級或省級非遺名錄的民歌歌種之上。江淮地區的五河民歌、鳳陽民歌和巢湖民歌是研究和發展的重點關注對象，皖西大別山山歌因革命題材的特殊性也備受關注。

皖西南地區（安慶所在地）因關聯桐城（屬安慶市）派文學而入選國家級非遺（民間文學類）的桐城歌，其研究主要集中在文學層面，相關的音樂研究寥寥數篇。皖南地區的儺戲、徽劇和青陽腔等國家級戲曲類非遺項目有部分與民歌關聯的研究成果探討，尤其是青陽腔的民歌與戲曲關係之研究引人注目。江淮民歌、當塗民歌、皖西民歌和皖南徽州民歌亦有專論出版，如《徽州民歌研究的理論與實踐》、《當塗民歌研究》、《淮河流域民歌研究》、《徽州民歌研究的理論與實踐》等〔註8〕，皖北民歌的研究較為缺乏。

整個安徽省的民歌研究高質量成果偏重於知名度較高的鳳陽民歌和五河民歌，整體來看這些成果相對全國的民歌研究來說是薄弱的。同時，全省區域性研究的嚴重不均，以及 21 世紀以來扎堆探討非遺的非高質量文論，使安徽民歌研究的弱點凸顯。

皖西南宜城安慶市作為管城區、懷寧、岳西、桐城、潛山、太湖、宿松和望江八個區縣的安徽古老省會，僅一個三線城市就擁有黃梅戲、岳西高腔、桐城歌和宿松文南詞四個國家級非遺項目，但對這些重要傳統音樂文化的生發土壤——民歌的研究幾乎為空白，這也是音樂學者應當努力改變的現狀和本書的意義所在。

第二節　安慶民歌發展概況

「安徽」之名取自安慶府（現安慶市）與徽州府（現歙縣）的首字合稱。安慶地處長江下游北岸，西接湖北、南鄰江西、西北靠大別山主峰，東南依黃山餘脈，現總面積 14.01 萬平方公里，截止 2022 年總人口達 6127 萬。

〔註7〕參施詠，《新中國 70 年安徽民歌研究的回顧與思考》，《交響——西安音樂學院學報》，2021 年第 1 期，第 19～28 頁。

〔註8〕王紅豔，《當塗民歌研究》，合肥工業大學出版社，2011 年。趙敏，《皖西民歌研究》，安徽師範大學出版社，2018 年。趙敏，《淮河流域民歌研究》，安徽師範大學出版社，2019 年。史一豐，《徽州民歌研究的理論與實踐》，上海交通大學出版社，2019 年。

　　安慶素有「戲劇之鄉」、「禪宗聖地」的美譽，作為千年的歷史文化名城，產生了影響中國文壇二百多年的桐城派文學、清代古文第一人姚鼐、清代書法大家鄧石如、京劇鼻祖程長庚、新文化運動領袖陳獨秀、新蝴蝶鴛鴦夢小說家張恨水、兩彈元勳鄧稼先、黃鎮將軍、佛教領袖趙樸初以及黃梅戲代表藝術家嚴鳳英等歷代名人。

一、行政區域與安慶民歌

　　皖西南安慶，春秋時期僅有零星史料記載的古皖國位於此，是皖文化的發源地和所在地。安慶後歸屬楚、吳兩國，戰國時復歸屬楚。東晉詩人郭璞言「此地宜城」，故稱宜城。乾隆二十五年（1760），安徽省治由江寧移駐安慶，安慶始為省會，後因戰亂歷經多次回遷。1949 年安慶解放，安慶專區管轄安慶市及桐城、懷寧、桐廬、潛山、太湖、宿松、望江和岳西八縣。1952 年安徽省會遷至合肥市，安慶作為省會的一百多年歷史結束。

　　1968 年安慶專區改稱安慶地區，1980 年池州地區所屬貴池、東至二縣併入，1987 年徽州地區石臺縣劃入。2005 年安慶市轄本市三區以及桐城、懷寧、樅陽、潛山、太湖、宿松、望江和岳西等七縣，2015 年樅陽縣歸銅陵市管轄。按現在的安徽省行政區域劃分，除去樅陽、貴池和東至，共有桐城市（縣級市）、懷寧縣、潛山市（縣級市）、太湖縣、宿松縣、望江縣、岳西縣和市區八個區域。

　　安慶民歌是這座歷史文化古城珍貴而深藏的音樂文化遺產。1980 年出版的兩本安慶地區民間音樂油印本資料，按照當時的行政劃分包含了安慶市及桐城、懷寧、樅陽、潛山、太湖、宿松、望江、岳西、貴池和東至等十一地的民歌，為安徽卷的民歌集成工作提供了該地區的全部資料。2004 年《中國民間歌曲集成·安徽卷》出版，據當時的行政變動，貴池（池州）和東至已歸屬池州市不含在安慶市內。（圖 1-1）

　　本書的撰寫區域，逢樅陽縣自 2015 年以來歸屬銅陵市管轄，因此轄區不含樅陽縣，現為包含市區在內的其餘八個縣市區域。（圖 1-2）

　　馮光鈺提及，如要實現集成這樣全國性的大規模音樂普查報告項目，按行政區域劃分則是集成工作時代最現實可行的辦法，但這並非學術研究最科學的分類方法。因為民族民間音樂的流佈和傳播方式多為跨區域和跨種屬流行，而歷史和現實當中的行政區域一直處於變動之中。他談及如若既按行政區劃立

卷編纂，又能按不同歌種、樂種、劇種、曲種分門別類編纂最為理想。〔註9〕
這正如優化的圖書館文獻編目學分類，如此目標的實現需要多代人的努力。

圖 1-1：安慶市選曲索引

池州市

池州市	88	124	128	249	259	280	281	304	450	543	559
	780										
青陽	324	347	383	397	398	518					
石台	192	281	282	398	426	450	451	492	752	756	762
東至	190	420	509	546	591	611					

安庆市

安庆市	185	186	209	438	717						
桐城	209	251	595	686	687	688	705				
怀寧	73	89	771	772	777						
枞陽	187	211	459	494	502	503	689	774			
太湖	212	213									
岳西	188	267	397	427	467	475	485	490	565		
潜山	168	187	233	265	266	369	438	460	461	514	723
望江	107	120	169	214	246	247	404	462	484	515	548
	565	715	759	760	774	778					
宿松	196	439	440	495	546						

《中國民間歌曲集成・安徽卷》，第 796 頁。

圖 1-2：現安慶市行政規劃圖

〔註 9〕馮光鈺，《收集整理中國民族音樂遺產 50 年——芻論集成編輯學》，《音樂研
究》，1999 年第 3 期，第 17～26 頁。

　　任何一種方法都有其優缺點，本書亦面臨同樣的問題。全書寫作的基礎資料始於以行政區域劃分的集成時代，但由於四十多年來行政區域的多次變化調整，目前已經劃出安慶行政轄區的東至縣、貴池縣（現池州市）、樅陽縣三地的相關內容只能另做刪減，只是三地的文化屬性本身就與安慶共生共融血脈相連無法分割，如果探討這部分的內容尤其是橫向關聯的文化問題時應當特別注意。當下地區性的民歌研究分類多以民歌色彩區和非遺名錄為主要切入點，同時也逐漸從音樂的本體研究逐漸偏向民族音樂學／音樂人類學的歷史──文化研究。基於歷史資料的緣故，本書仍沿襲了行政劃分區，以音樂本體形態分析著手，其優點是行政區普查收集資料的廣泛便利以及區域性個案專題音樂學術的縱深研究。

二、歷史中的安慶民歌

　　民歌是人類社會生活和思想感情產生出來的原初歌聲，是聲樂形式的民間音樂和韻文形式的民間文學二者有機的結合。《尚書·舜典》「詩言志、歌詠言。聲依永，律和聲」，即為誦其言謂之詩，詠其聲謂之歌。

　　自古以來，安慶居民在人生禮俗、傳統節日與二十四節氣等傳統農業生活中，用語言、腔調和舞姿在燈會、廟會等各種場合下表演與演唱自行編創的民歌習俗蔚然成風。民歌兼具藝術美與個性美的特徵，是勞動者情感的結晶與昇華，也是人類抒情和言志的口頭詩歌，具有基礎性的音樂規律特質，也是安慶民間音樂的根基和源頭。

　　古雷池安慶望江自三國東吳就有謠諺「家在望江，命在西圩」，自元時有歌謠曰「沙塞雷港口，狀元從此有」等。我國最早的一首長篇敘事詩是漢樂府民歌《孔雀東南飛》，該詩是樂府詩發展史上的代表作，源自安慶潛山、懷寧一帶，歌唱焦仲卿與妻劉蘭芝的愛情故事，全篇共三百五十七句一千七百八十五字，與北朝《木蘭詩》被後人譽為「樂府雙璧」。宋郭茂倩在其編纂的《樂府詩集》中將此詩列入《雜曲歌辭》題名《焦仲卿妻》，詩中「孔雀東南飛，五里一徘徊」的名句流傳至今，該詩已成為第四批國家級民間文學類非遺項目。

　　明鈔本《明代雜曲集》收錄安慶桐城歌詞二十五首。明代文學家、戲曲家馮夢龍編輯民歌集《山歌》（又名《童癡二弄》），其卷十題名為《桐城時興歌》（情歌），收錄安慶桐城歌詞二十四首。清末宰相安慶桐城人張英、張廷玉父

子也創作了不少桐城歌，如張英《觀家書一封只緣牆事聊有所寄》「千里家書只為牆，讓他三尺又何妨，萬里長城今擾在，不見當年秦始皇」，六尺巷的故事與此首歌謠在鄉俚傳頌，婦孺皆知。又如張廷玉《山中暮歸》「林端鴉陣橫，煙外樵歌起。疲驢緩緩行，斜陽在溪水。」等。

三、1949 年以來的安慶民歌

中國自古以來有編纂大型百科全書式文獻資料的傳統，涉及文藝音樂方面，從古代詩歌總集《詩經》（歌詞）到明朱權《神奇秘譜》、清康熙《律呂正義》、清乾隆《新定九宮大成南北詞宮譜》等都是官方編纂的傳統音樂之偉大成果。但歷史中一直不被重視的鄉土民族民間音樂的大規模材料搜集工作，待等到 1949 年新中國成立之時方才啟動。

建國初期，文化部根據「推陳出新」、「古為今用」的文藝方針，對中國民歌進行搜集、整理工作，全國各地大批音樂家深入民間采風，搜集整理並出版了一批各種傳統音樂曲集。同時通過民間歌會演等形式，讓民間歌手登上舞臺，使民歌得以交流和傳唱。如 1955 年安徽省青年業餘觀摩演出、1957 年安徽第一屆民間音樂舞蹈會演和 1959 年安徽第二屆民間音樂舞蹈會演，安慶地區文化部門，先後推出姜秀珍（當年歸屬安慶地區的貴池縣民間歌手）等多名優秀民歌手，分別在全省、全國獲演唱和作曲獎，歌手姜秀珍將安慶貴池民歌唱進人民大會堂和大學講壇。安慶城區民歌《十二條手巾》、《繡花舞曲》、潛山縣《十二月花神》等歌舞節目獲得全省表演和作品獎。

1958 年安慶地委宣傳部編歌詞選輯《安慶民歌選第一集》。1962 年安徽省音樂工作組周澤源重點深入阜陽和安慶收集民歌，和上海華東藝專、中央音樂學院提供的民歌資料及 1960 年安徽省職工文藝會演的民歌合編成《中國民歌集成》安徽卷資料本第一集共二百一十五首民歌油印成冊，署名為《安徽民間歌曲選集》，由安徽省文化局、中國音樂家協會安徽分會編輯。〔註10〕

隨著文革十年動亂的到來，中國民歌藝術工作全部停頓，基本半途廢止。1975 年音樂工作者陳國金進入安慶地區文化局工作，接到收集整理安慶地區十個縣區民間音樂的工作任務，這項工作此時已經展開。1977 年安慶地區革委會文化局編印歌詞選輯《皖河新風：安慶地區民歌選》由安徽人民出版社出版，1978 年安徽省安慶地區文化局編印曲譜選輯《歌曲 1978 安慶作品選》。

〔註10〕楊春，《安徽民歌概述》，《樂海濤聲》，中國文聯出版社，1999 年，第 17 頁。

　　1979 年 3 月，民歌集成工作再次被提上日程。文化部和中國音協聯合發出《收集整理我國民族音樂遺產規劃》的正式通知，自此《中國民間歌曲集成》工作在全國有序展開，陳國金作為音樂專業人士成為安慶地區相關工作中行政和業務的主要負責人。1980 年他參與主編的《民間音樂彙編・第一集》和《安慶地區民間音樂・第二集》兩本油印資料將近 500 首民歌曲譜詞集結成冊，為安徽省民歌集成工作提供了該地區的詳盡資料，至 2004 年《中國民間歌曲集成・安徽卷》出版。此為安慶民歌基於集成時代背景下的第一個發展階段。

　　20 世紀以來，非物質文化遺產工作的全國普及，使得後集成時代邁向了非遺保護階段，但兩者的工作內容和偏向重心並不相同，「如果說『集成』是以搶救性記錄為主要特徵，以傳統音樂作品的典籍化為主要工作目標。而非物質文化遺產保護工作則是以保護對象的傳承發展為目標的全面保護，在『見人、見事、見生活』的要求下，各類保護項目從名錄事項到傳承人群、從社區到社會，以項目、生態區、生產性、研培計劃、記錄工程、社會傳播、教育傳承等方式立體性全面展開。不難判斷，其綜合的保護效果，是以往的所有國家保護項目都無法比擬的。」〔註 11〕

　　2002 年安慶市被評定為國家歷史文化名城，2006 年黃梅戲被評定第一批國家級非物質文化遺產。黃梅戲是安徽安慶文化土壤中的一種綜合文學藝術形式，是傳統文藝的集大成者，是雅俗文化相結合所結合產生的碩果，代表著安徽安慶傳統民族民間藝術發展的高峰。安慶本地的桐城歌、岳西高腔、宿松民歌以及樅陽民歌後相繼被評定為國家級和省級非物質文化遺產，安慶城區、懷寧、望江、太湖、岳西、潛山、宿松和桐城民歌也相繼被評定為市級非物質文化遺產。

　　這些文化遺產都源自皖西南安慶的土地，相互之間貫穿影響，促使本土的音樂文化生根發芽綿延不斷，似蒲公英的種子散遍土地，展現出一幅星羅密布、色彩斑斕的水彩音畫圖。

　　民歌是人類音樂的根基和發源，在安慶民歌音樂土壤裏生長出來的，有民族民間器樂、歌舞曲藝音樂、黃梅戲音樂、高腔音樂、彈腔音樂、文南詞音樂、夫子戲音樂以及曲子戲音樂等。（圖 1-3）

〔註 11〕 李松，《國家與民眾的共同記憶——改革開放時期中國傳統音樂保護中的國家工程》，《音樂研究》，2018 年第 3 期，第 22～30 頁。

圖 1-3：安慶各地域音樂分布圖

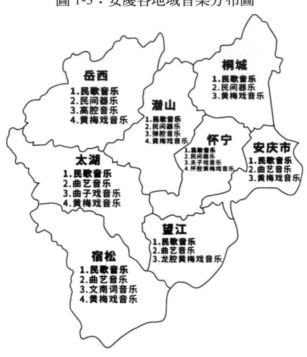

在全國非物質文化遺產工作大潮的促進下，安慶市下屬各縣也對本區域的民歌開展了新一輪的工作部署，成功申遺的地市項目成果尤為凸出。國家級文學類非遺項目桐城歌的搶救保護工作由市文化館擔任，組織座談並走訪民間藝人，目前現已搜集、挖掘、整理歌謠資料八千餘首，民歌手吳雲芳、張桂芳、查月華等被陸續評定為國家級非遺傳承人，查月華的十二首桐城歌音頻入選 2022 年安徽省教育出版社出版的《安徽民歌聲音檔案》。同時，當地積極開展相關的非遺文化和民歌手演唱會等活動，形成較為完整的桐城歌保護傳承體系。

宿松縣自新中國成立以來組織了三次大規模的民歌民謠搜集整理工作，目前共收有八百三十六首，刊印歷史資料《宿松民間歌謠曲譜》油印本兩輯，一批地方音樂工作者做出了重要貢獻，並為安慶地區民歌集成工作提供本縣資料，自非遺開展以來縣區鄉鎮的匯演、調演或藝術節活動頻繁。

望江縣自 1979 年以來，由文化館組織人員收集民間歌曲、器樂曲等一百五十首。1981 年輯成《望江民間音樂》，其中九十六首選登安慶地區兩冊彙編資料當中，十七首選登在《中國民間歌曲》（安徽卷）。2019 年任春松主編的《望江民間歌謠與音樂》由安徽人民出版社出版，包括歌謠與音樂兩部分，千

餘首歌謠與音樂。

潛山市（縣）民歌，儲向前等音樂工作者在 20 世紀 80 年代的收集整理工作中做出貢獻。近年由於非遺保護的意識普及，潛山市文化館組織多次搶救挖掘工作，目前已搜集整理傳統民歌二百餘首，在文化館內刊《流泉》專輯刊發，併入選安徽大學「全民藝術普及安徽民歌慕課」項目。

太湖縣民歌，20 世紀上半葉太湖文史專家何鵬開始了民間文學的搜集整理工作，從搜集的四百多首民歌中挑選三百二十首編印成《太湖民歌集》一冊。

懷寧縣小吏港（小市鎮）是長篇敘事詩《孔雀東南飛》故事發生地，20 世紀 80 年代末，縣文化館前往小吏港收集整理民歌編成《懷寧縣民間歌謠集》出版，收集民間歌謠數百首，後全文錄入 1998 年《中國民間歌謠安徽卷・懷寧縣民間歌謠集》。本鎮村民何年玉收集小吏港民歌四百餘首，2011 年由安徽大學出版社出版《〈孔雀東南飛〉故鄉民歌（小吏港民歌）》一書，但該書僅為歌詞內容的整理搜集。

岳西縣主要挖掘整理民歌和民間器樂兩大類文化項目，1959 年縣委宣傳部編《岳西民歌選集》，1979 年縣文化館搜集整理《岳西民歌選》油印本刊印，1985 年出版《岳西民間音樂彙編》，其中有十餘首選入《安徽民間音樂》（第三集）（安徽文藝出版社，1988 年）。岳西縣內的大別山民歌以古老的高腔和原生態的山歌小調為主要特色，作為國家級民間音樂非遺項目的流傳地之一，這也是安徽省民歌研究傳承和發展的重點內容之一。民間器樂方面，「至 2006 年，岳西縣已挖掘記譜、整理民間打擊樂曲牌七十餘支（套）。其中有清代武舉余某傳抄的《十番》鑼鼓全套曲牌譜……2007 年 11 月，岳西縣人民政府公布首批縣級非物質文化遺產名錄中民間音樂類三項：器樂曲《春富貴》、彈腔、民歌《採茶調》。」〔註 12〕

第三節 陳國金與安慶民歌

一、集成工作與地方音樂工作者

「《集成》的田野調查和編輯整理，大多始於 1980 年，至 90 年代初完成。各縣的文化幹部，負責將收集的油印資料送交地區文化局，再經地區文化局編

〔註 12〕安慶市文化廣電新聞出版局，《安慶市文化志（1978～2005）》（內刊），2014 年，第 482～483 頁。

輯整理,送交省文化廳⋯⋯藝人們試圖恢復那些幸存下力的、尚未受流行文化衝擊的文懷產。收集者和藝人們,通常義務地做這項工作。雖然我的描述十分悲觀,但我們真得應該佩服那些在及其艱難的條件下努力工作的地方干部。他們經常騎著自行車或徒步攀山越嶺,到達那些仍舊缺乏電力、緩慢地從饑荒中恢復升級的村落⋯⋯收集者都是當地人,較少受培訓,工資照舊,似乎只有具有較高覺悟的幹部,才會完成這項工作。當然,有些縣區,任何田野調查也沒有做,僅僅提供了一些站不住腳的、沒有任何說明的油印譜例。許多地區,只在很短的事件內收集了一些零星資料。有的縣,只收集了一點民歌,忽視了器樂;另一些縣,之注意了戲曲,卻丟了舞蹈⋯⋯民歌收集只是一項任務,但是並不意味著只是文化局唯一的或基本的任務。」〔註13〕

這段文字談到了集成工作中面臨的一些實際操作問題,其中提到在沒有額外經費以及大量行政任務的多重累積下,只有一些覺悟較高的地方干部兼音樂工作者才會完成或者較好地完成這項任務,因為它的艱巨和工作量之大都是今天難以想像的。集成的完成是建立在地方干部和音樂工作者大量的艱辛合作成果之上,對他們的記載或詳實的工作記錄在各卷的後記及其他的報告中也有部分提及,但更多參與者及其工作情況卻並未被提及。

安徽學者、《集成》安徽卷民歌編輯組長、曲藝副主編、戲曲淮北花鼓戲主編楊春在他的民族音樂研究選集《樂海濤聲》中,提及了一些當時的工作情況:「各地市文化局和文聯及音樂工作者,對此傾注了極大的心血⋯⋯各地市不僅按《集成》要求上報民歌,為保存來之不易,棄之不能復得的資料,都油印成冊,安慶和巢湖兩地做得尤為突出,這給編輯《中國民歌集成》安徽卷,民歌的理論研究,及其以後的《安徽民間音樂》第三集,都打下了堅實的基礎。」〔註14〕文中表揚安慶當地的工作成果尤為突出,這即是本文的寫作基礎——1980 年筆者父親陳國金主編的兩本安慶民間音樂油印本資料以及他後期的持續研究和發展。這樣突出的工作成果是如何完成的?對人的關注研究亦是後集成工作的重要內容之一。下文即是對這位地方文化幹部／音樂工作者關於當年安慶民歌及集成工作有價值的調查採訪,而他的個人案例也是集成時代具有典型性的中國基層文化／音樂幹部的縮影。

〔註13〕鍾思第著,吳凡譯,《字裏行間閱讀《集成》——評宏偉卷冊《中國民族民間音樂集成》》,《中國音樂學》,2004 年第 3 期,第 103~128 頁。

〔註14〕楊春,《安徽民歌概述》,《樂海濤聲》,中國文聯出版社,1999 年,第 18 頁。

二、陳國金與民歌集成工作

陳國金出生和生長於安徽省安慶市望江縣吉水鎮。作為一個土生士長的皖西南人士，他的生活環境是一面靠水、三面丘陵山水交織的長江岸邊，兒時的記憶便是長江邊、水田旁、山丘上常聽到的漁歌、秧歌和山歌。在沒有娛樂的年代，悲傷愉悅伴隨方言土味的音樂表達便是孕育他成長的安慶民歌。

陳國金與安慶民歌的深厚淵源始於集成工作初期，20 世紀 70 年代安慶地區行署文化局、文聯和音協共同協作正式系統地挖掘、收集和整理安慶民歌。1975 年陳國金進入安慶地區文化局工作，接到收集安慶地區轄屬十個縣民間音樂的工作任務。1979 年陳國金進入安慶地區集成工作組，正式作為領導人之一和直接參與者。

以音協率頭，陳國金帶領並組織安慶地區所屬的懷寧、望江、太湖、潛山、岳西、樅陽、宿松、桐城、東至和貴池十縣的音樂工作者馬寅生、羅本正、張雁兵，孫必泰、張友俊、黃以慎、魯鵬程、魯敬之、陳培春、韓華勝、朱永勝、徐華東、徐東昇、陶演、殷躍林、劉凱、錢藝河、王聞中、紀明庭以及方善策等音樂工作者積極參與。工作組成員廣泛收集存留在各地、各處的原始資料，同時又分批分期組織專業人員，下農村、到田頭、進農舍、用腦記、用手寫、用老式錄音機、一音一字的記詞記譜，用幾年時間挖掘、收集、記錄了十個縣一千多首田野調查的原始民歌。

中央音樂學院的幾位音樂理論和作曲系教授曾隨收集小組來到宿松縣許岑時，為安慶地區民間有如此多的民歌寶藏而讚歎。他們邀請采風中發現的一位女民歌手去中央音樂學院講學，示範中國的民族民間優秀唱法。經當地村民推薦，采風小組到潛山水吼一位年旬八十多歲的老農家採訪時，家人卻將大家拒之門外，說老者臥床多年也很少說話，但屋內老人聽說上面有人要聽他唱家鄉小曲，立即從屋內喊到「你們進來我會唱」！一下午的時間老者唱了十多首民歌，聲音宏亮、咬字清楚、韻味十足。對家鄉民歌熱愛和執著的人和事是采風組工作中的常事，但過段時間回訪老人已過世也是常事，水秀山清的深山野窪和老農們土味樸實歌唱至今仍是工作組成員值得回味的記憶。（圖 1-4）

陳國金一行工作組到達東至洪坊古廟時，裏面住著一位時年 71 歲的盲藝人丁邦青，他會自製四絃琴並獨奏十番音樂。1960 年丁曾進京匯演，受到周總理接見並獲民政部獎勵。工作組採訪時，丁翻出陳舊的四絃，邊奏邊念工尺譜說道：「我和我的藝術都老了生怕失傳，今天你們來收集，可就放心了」。盛

世修志眾手《集成》，安慶地區這些廣大的文化領導幹部、音樂工作者、農村鄉鎮居民、老藝人及其後裔們都是值得尊重和紀念的集成工作貢獻者。

圖 1-4：20 世紀 70 年代安慶采風團成員在潛山水吼區合影

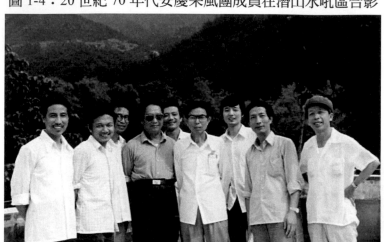

從左到右：韓華勝、陳國金、紀明庭、陶演、徐東升、方善策、徐志遠、錢藝河、陳培春

為了更好貫徹落實中央省市修志集成等工作，安慶地區地直單位及所屬各縣文化部門，相繼成立編輯領導小組配備專業人員機構，由陳國金同志專職領導和負責全區的文化修志工作，其中包括黃梅戲及各地稀有劇種岳西高腔、岳松文南詞、潛山彈腔、懷寧夫子戲、太湖曲子戲、民間舞蹈、民間器樂、民間曲藝、民間音樂的組織領導和具體業務及編輯等工作。（圖 1-5、圖 1-6、圖 1-7、圖 1-8、圖 1-9、圖 1-10、圖 1-11）

圖 1-5：《安慶地區文化志》文件批示手稿

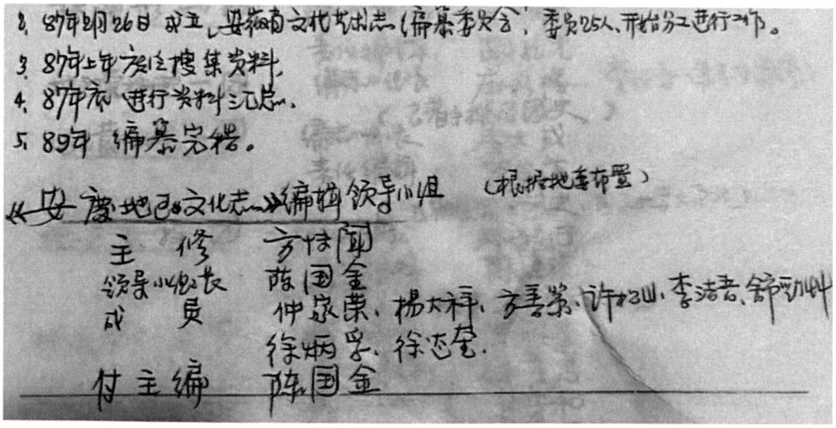

2. 87年8月26日 成立《安徽省文化艺术志》编纂委员会，委员25人、开始分工进行工作。
3. 87年上半年 [illegible]搜集资料。
4. 87年底 进行资料汇总。
5. 89年 编纂完稿。

《安庆地区文化志》编辑领导小组 （根据地委布置）

主 修 方[illegible]
领导小组长 陈国金
成 员 [illegible]、杨大祥、方善策、许[illegible]、李[illegible]、舒[illegible]
[illegible]、徐志远.
付主编 陈国金

圖1-6：關於成立安慶地區《音樂集成》編輯辦公室的通知

圖1-7：關於搜集整理安慶地區民族民間舞蹈的通知

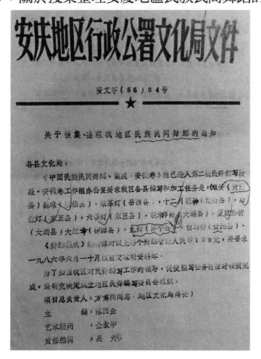

圖 1-8：戲曲音樂集成審稿會議文件

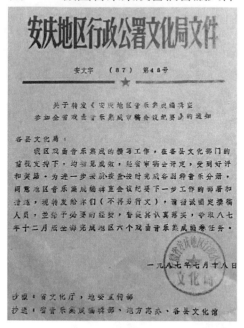

圖 1-9：戲曲音樂集成安徽省卷首批
　　　　「協定書」簽訂工作側記 1

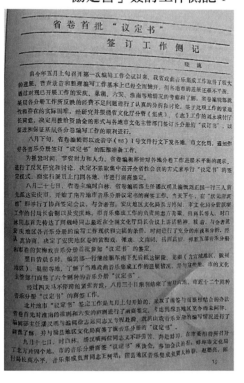

圖 1-10：戲曲音樂集成安徽省卷首批
「協定書」簽訂工作側記 2

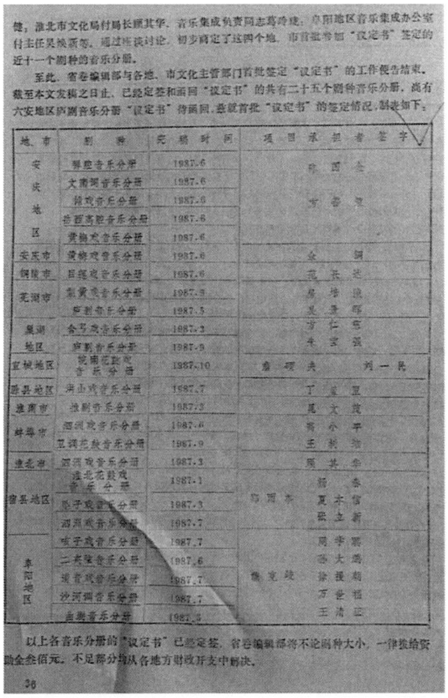

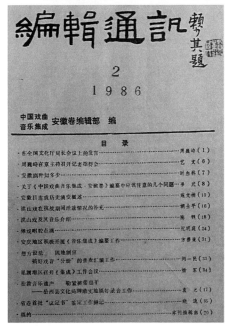

圖 1-11：中國戲曲音樂集成·安徽卷編輯部
《編輯通訊》1986 年 2 月專刊

　　1979 年 4 月，在安慶地委、地委宣傳部的直接領導下，安慶地區文化局、文聯、音協又成立四人（陳國金、孫必泰、徐東昇、黃以慎）《安慶民歌》編纂小組，集中在安慶馬山賓館進行一個多月的記譜、分類、清稿、匯稿、編輯等工作，將田野調查挖掘收集的一千多首原始資料，從中篩選出五百二十七首能代表各地特色風格和質量上乘的原始民歌，於 1980 年 3 月手刻、油印、彙編《安慶地區民間音樂》第一冊（圖 1-12），1980 年 12 月彙編《安慶地區民間音樂》第二冊（圖 1-13）。

圖 1-12：1980 年 3 月《民間音樂彙編第一集》
油印本序、第一頁目錄

圖 1-13：1980 年 12 月《安慶地區民間音樂第二集》
油印本序、第一頁目錄、A-1 譜例

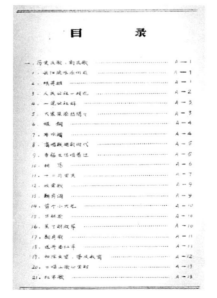

　　1982 年安徽省文化局、文聯和音協聯合，在潛山天柱山召開的《中國民間歌曲集成‧安徽卷》和戲曲音樂討論會上（圖 1-14），《安慶民歌》二冊向安徽省集成辦交稿，獲得肯定和好評。工作組指出安慶民歌集成工作收集得早、收集得好，為全省相關工作做出了榜樣和表率。

圖 1-14：1982 年全區民歌編輯及音樂創作會議

右起第一排起：王潔岩、時白林、王皓、藤永然、王久芳、方博文、
程鵬、方圍、許松山、謝清泉、陳國金、姜秀珍、劉凱、陳新慶、
胡兆群、魯敬之、桂雙芳、韓華勝、黃永勝、徐東昇、紀明庭、朱
永勝

1983 年安慶民歌《打夯號子》、《數水號子》等八十七首入選《中國民間
歌曲集成‧安徽卷》（圖 1-15）

圖 1-15：《中國民間歌曲集成‧安徽卷》2004 年

1988 年安慶民歌《推車燈》等八十九首入選安徽群眾藝術館編印、安徽
文藝出版社出版發行的《安徽民間音樂》第三集，2012 年安慶民歌《遊春》等
十首歌曲入選安徽文史研究館編印的安徽民歌精選《摘石榴》。

20 世紀全國的音樂集成工作是中國廣大地方鎮、區、縣、市、自治區、
省級各地文化行政單位與民間藝人相互合力的了不起的集體合作成果，以陳

國金為代表的每位工作組成員，不僅是前文英國學者鍾思第提及的具有較高覺悟的中國基層幹部，也是地方專業音樂工作者的代表，這些都是十分值得尊重的廣大地方集成工作者的縮影。

三、民歌採集與歌曲創作

從民間和傳統音樂中汲取充分營養為本國音樂的發展和實踐打好基礎，成為建國以來國內專業院校培養本土音樂家的一個重要使命。陳國金在大學期間學習音樂專業，師從洪波、許綿英、朱家紅和朱儒學習理論作曲與鋼琴。開胚教育「要寫一首好聽有特色的歌曲必須要向民間音樂學習」的中國民族音樂作曲理論，是老師們的音樂理論與實踐格言，也成為他創作生涯的座右銘。

「誰言寸草心，報得三春暉」是陳國金對安慶民歌的情結表達。20 世紀80 年代他曾和作曲家瞿希賢在安徽省文化廳、省文聯、省音協組織的「在希望的田野」作曲比賽中赴黃山采風。下山途中遇見一位身背大米和食物的小女孩嘴裏哼著帶有徽州方言的助力節奏言語，汗流滿面艱難地向攀山行進。見此情形瞿希賢止步淚流滿面，目送女孩走過直至爬上黃山高峰，到晚間一首優美的帶有徽州民歌風格的《黃山背米的小女孩》歌曲誕生。此事直擊陳國金的心田，並意識到歌曲創作的源泉來自真實的生活，來自鄉土的民間音樂。

民間音樂的田野調查是陳國金為代表的數代本土音樂人的創作源泉，也為他們創作道路上的一盞明燈。他用安慶民歌素材創造出一百多首時代歌曲，有三十多首獲全省及全國五個一工程入選獎和一、二、三等獎。其中，凡是認可度較高的曲目，均是民歌素材運用得好的佳作。

1982 年根據原生安慶民歌改編、創作的民歌《小班鳩》（陶演改編、上海輕音樂團演唱）、《田埂小路》（陶演改編、蕪湖市歌舞團陶燕華演唱）、《我愛莊稼一枝花》（方君默詞、陳國金曲、上海輕音樂團朱逢博演唱）等七首，入選安徽省經典民歌集《帶露的花朵》，並由上海唱片公司錄製全國發行。（圖1-16）

其中，陳國金作曲的《我愛莊稼一枝花》獲全國「八十年代新一輩」展播獎（圖 1-17），安徽人民廣播電臺在全省播放學唱此曲長達四周。（合肥市歌舞團柯明玉、安徽省歌舞團女聲合唱隊教唱）

圖 1-16：唱片錄製入選文件

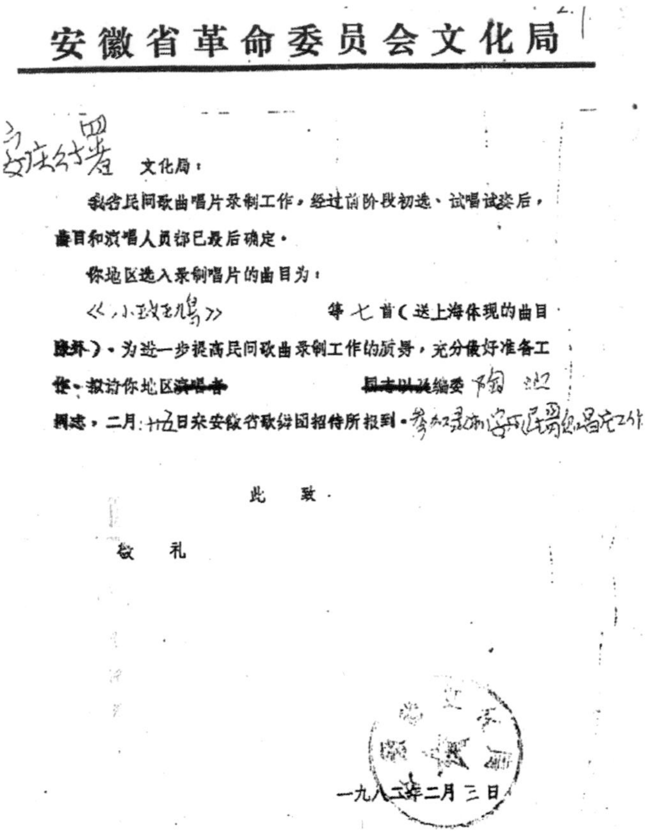

安徽省革命委员会文化局

安庆行署 文化局：

我省民间歌曲唱片录制工作，经过前阶段初选、试唱试录后，曲目和演唱人员都已最后确定。

你地区选入录制唱片的曲目为：

《小放鸭》 等七首（送上海体现的曲目除外）。为进一步提高民间歌曲录制工作的质量，充分做好准备工作，拟请你地区~~演唱者~~ ~~同志以及~~编委 陶 [illegible] 同志，二月廿五日来安徽省歌舞团招待所报到。参加录制安庆民歌的唱片工作

此致

敬礼

一九八二年二月三日

圖 1-17：陳國金作曲《我愛莊稼一枝花》獲獎證書

陈国金同志：

在"八十年代新一辈"征集青年歌曲中选的作品《我爱庄稼一枝花》在全国中选，特发此状，以资鼓励。

安徽人民广播电台文艺部
共青团安徽省委宣传部
一九八[illegible]年七月合肥

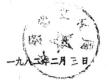

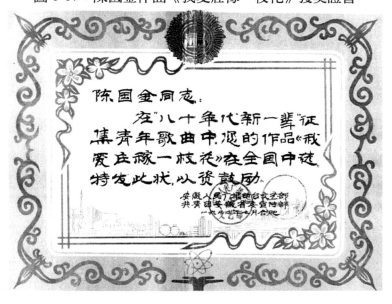

　　安慶潛山民歌《小姑喂！鷹又來著》（汪如發記譜、陳勇演唱）和創作民歌《金草帽》（孫必泰詞、陸梓曲、陳勇演唱）在 1985 年 3 日安徽省少年兒童「小百靈」賽歌會、1983 年 5 月中央電視臺全國少年兒童「小百靈」賽歌會中榮獲作品和演唱省級一等獎及全國二等獎。（圖 1-18、圖 1-19、圖 1-20）

圖 1-18：參加中央電視臺「小百靈」歌手大賽代表團成員

左起陳勇、陳國金、章文靜、魯敬之、趙斌斌、鮑恩友（文化局）

圖 1-19：安徽省小百靈歌手大賽節目單

圖 1-20：央視「小百靈賽歌會」望江歌手陳勇演唱
安慶潛山民歌《小姑喂！鷹又來著》

　　1987 年安慶民歌《姐家門口一棵桑》、《飄飄的白雲》（岳西徐東昇記譜、
王琳瑛演唱）、《南風悠悠》（潛山朱永勝記譜、李平演唱）和創作民歌《傻哥
哥莫發傻》（姜述寶詞、陳國金曲、潛山李平演唱）獲中國「長江歌會」作品、
演唱優秀獎。（圖 1-21、圖 1-22）

圖 1-21：首屆中國長江歌會組委會名單

首屆中國 "長江歌會" 組織委員會

名譽主任： 賀敬之（中共中央宣傳部副部長）
主　　任： 嚴淑芬（湖北省副省長）
副 主 任： 周韶華（湖北省文聯黨組書記、副主席；中國國際文化交流中心
　　　　　　　　　湖北分會副理事長）
　　　　　 阮潤學（湖北省文化廳副廳長）
　　　　　 王允誠（湖北省廣播電視廳副廳長）
　　　　　 張明達（武漢鋼鐵公司工會主席、文聯主席）
　　　　　 吳　超（中國歌謠學會常務副會長）

委 　員： 中國音協 馮光鈺　青海　靳榴桐　四藏　白登朗杰
　　　　　 云　南 李正榮　四川　洪鐘　湖南　谷子元
　　　　　 江　西 張濤　安徽　陳國金　江蘇　金韶
　　　　　 上　海 姜彬
　　　　　 湖　北（以下按姓氏筆劃為序）
　　　　　 任景平　宵光燭　何宏業　辛忠鵬　羅光厚
　　　　　 陳石　胡佐才　賀志懷　蘇菜　姚運才
　　　　　 陶克　謝功成　童忠良　章德祥

秘 書 長： 姚運才（兼）
副秘書長： 劉义明　劉世云　余遠榮　汪學堂　李理秀
　　　　　 趙鐵信　潘向東

圖 1-22：首屆中國長江歌會合影

從左至右，中國民間詩詞協會會員；「長江歌會」組委、安徽省代表隊隊長、曲作者陳國金；著名民歌手、詩人，貴池縣文化館館長姜秀珍；「長江歌會」大賽評委，「長江歌會」參賽獲獎歌手岳西縣天堂鎮文化館館長王琳瑛。

首屆長江歌會潛山歌手李平演唱改編民歌《傻哥哥莫發傻》（姜述寶、姜明濤詞，陳國金曲，安徽省歌舞團聲樂隊和潘玲馨演唱，分製錄製為女聲齊唱和獨唱），該曲 1991 年由安慶市組織代表團參加「安徽省民歌歌會」，其中創作民歌《淡淡的二月蘭》和歌手陸選平獲作品、歌手二等獎。（圖 1-23、圖 1-24）

圖 1-23：陳國金作曲《傻哥哥莫發傻》獲獎

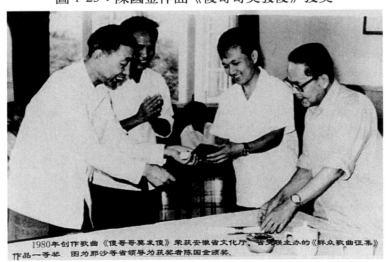

1980年創作歌曲《傻哥哥莫发傻》荣获安徽省文化厅、省文联主办的《群众歌曲征集》作品一等奖。图为那沙等省领导为获奖者陈国金颁奖。

圖 1-24：1991 年安徽省民歌會節目單

安徽省
民歌歌会
节目单
1991
合肥

安徽省民歌歌會

五、女声独唱：《小河流水哗啦啦》陶景源词、韩松曲
演唱者：王建华

六、女声独唱：《我是果乡的白梨花》张九环曲
演唱者：张藤

七、女声独唱：《进花园》寿新圆改词、张立新整理
演唱者：马晓玲　编舞：黄洋

八、女声独唱：《打菜苔》寿新圆改词、张荣阳整理
演唱者：侍湘琳　编舞：黄洋

安庆市代表队

一、男声独唱：1、《我是山村小店家》韦宁曲
2、《满街都是灯》（怀宁民歌）陈华庆记谱
演唱者：丁时正

二、女声歌表演：《喂鹰》（潜山民歌）王如发搜集整理
演唱者：满玲玲、赵援媛、赵文胜

三、男声独唱：《背篓情》孙必泰词、鲁敬之曲
演唱者：苏家杰

四、男女声对唱：《我思念家乡的杨柳》孙必泰词、陈晨曲
演唱者：苏家杰、吴秀丽

五、女声独唱：1、《山泉水》谢清泉词、张斗文曲
2、《淡淡的二月兰》吴民词、陈国金曲
演唱者：由建萍

六、男女声歌表演：《打麦语》孙必泰词、童仁曲

第三届安徽省藝術節組委會

　　1991 年創作的民歌《網蝦謠》（龔愛書詞、陳國金曲），獲安徽省「我愛安徽」歌曲徵集評選一等獎，同年獲共青團中央五個一工程作品入選獎。1993年 10 月 9 日，安慶市人民政府組織經濟文化代表團訪問日本友好城市——茨木。安慶青年歌手張小萍在日本茨木市永代町 1 番 5 號劇場，演唱安慶民歌《網蝦謠》和日本民歌《拉網小調》，受到日本觀眾好評。茨木本地報紙點評兩個國家同有一個拉網的勞動方式，用兩種不同風格的本國民歌演繹令人回味，中國民歌《網蝦謠》優美抒情水鄉韻味十足，日本《拉網小調》氣勢磅礴豪放。（圖 1-25）

　　2006 年安慶民歌《扇子歌》（魯敬之記譜改編）（望江）、華曉武《掛年畫》等三首，榮獲安徽省「徽風皖韻」新民歌徵集評選一、二、三等獎。2004 年陳國金的論文《徵羽「調式交替」——安徽民間音樂的特色》獲安徽省「首屆音樂論文」徵集評選二等獎。陳國金作曲的《風鈴高高掛　鄉音飄四方》（又名

「風鈴高高掛」和「天上人間」、徐本和詞、陳國金曲、沈惠琴演唱），是用安慶民歌素材創作的一首經典歌曲。該曲運用安慶方言中產生的主題音調以及振風塔、風鈴聲的因素進行創作，首唱者沈惠琴濃厚韻味和深情表現力的配合使這首歌曲在安慶市縣家喻戶曉。

圖 1-25：安慶市歌手演唱中國安慶民歌《網蝦謠》1993 年 10 月

2013 年《風鈴高高掛》作為教材被載入由韓再芬黃梅戲藝術基金會主編、時代出版傳媒股份有限公司、安徽人民出版社出版發行的《安慶市中小學地方教材》（中學版）。1995～2005 年安慶電視臺《黃梅閣》等六個頻道將該曲作為欄目和第一、三屆黃梅戲藝術節開幕式主題歌播放十二年，達二萬多次。中央、安徽、湖北各電視臺和全國各大文化報、《歌曲》刊物均有播放、發表和轉載。多位黃梅戲名家、安慶「黃梅戲會館」、「金碧輝煌」等演出場館將此曲作為舞臺保留節目。該曲還獲得了電視全國、華東地區銀獎和安徽省政府作品社科文藝獎。

1988、1989 年文化部、國家民族事務委員會、全國藝術科學規劃領導小組、安徽省人民政府文化廳、安徽省民族事務委員會以及安徽省文學藝術界聯合會，對收集整理傳承民歌等文藝科研項目做出貢獻的單位和個人（陳國金），頒發了獎勵和先進工作者的稱號。當代黃梅戲代表性音樂家、作曲家時白林和安徽省詞作家朱繼勝（竹笛），也為陳國金對安慶地區挖掘、收集、整理民間藝術遺產做出的優秀成果手寫書信以示祝賀。

圖 1-26：時白林和朱繼勝為陳國金的手寫書信稿

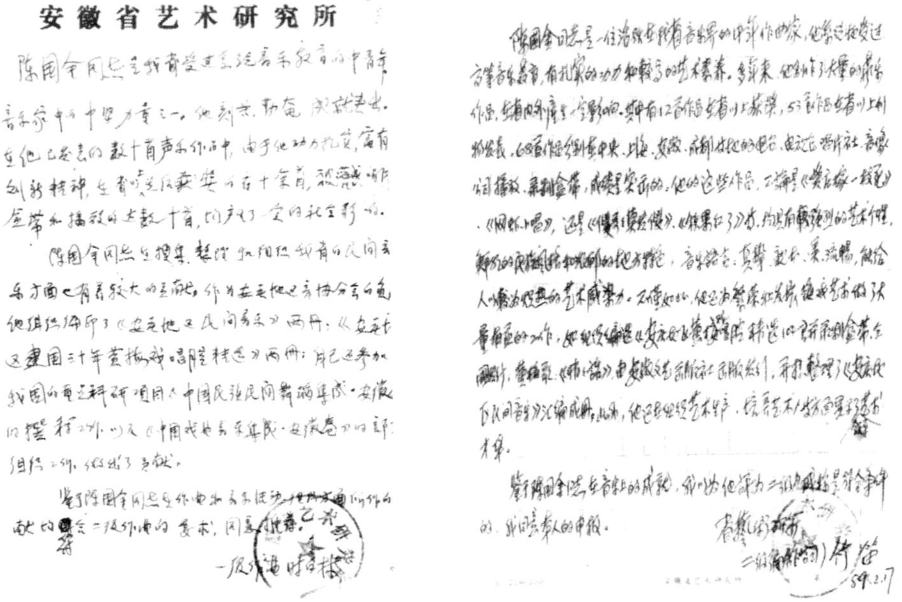

　　20 世紀 80 年代以來，對安慶民歌的傳承和發展工作，一直在安慶地區各文化部門及全區廣大音樂工作者創作工作中積極展開。用安慶民歌作素材改編、創作的新民歌和歌曲不計其數。在每年的各類大型文化演出、各地群眾文化中，安慶民歌都以各種不同的形勢在人民中再現。據不完全統計，在全國各刊物發表和電臺播出的有一百多首，獲五個一工程獎、全國、省級一、二、三獎曲目有五十多首。

　　2006 年中國民歌納入非物質文化遺產保護範疇，2021 年 7 月陳國金被安慶市文化館、安慶市非物質文化遺產保護中心聘為《安慶民歌》申報省級非遺代表性項目名錄工作小組特邀專家以及安慶市非物質文化遺產保護中心藝術顧問。陳國金將安慶市六區域（安慶市城區、懷寧、望江、太湖、岳西、潛山）合併打包，命名為「安慶民歌」申報省非物質文化遺產，並制定為傳承和發展的工作計劃。

　　在完善安慶民歌的理論和實踐，提高文字和曲譜系統的結構版本思想基礎上，〔註 15〕陳國金提出這樣的觀點：1980 年的《安慶民間音樂》一、二兩

〔註 15〕如何引向深入？王福州在接受新華社《瞭望》新聞週刊專訪時提出：「中國非遺到了建立中國特色的文化遺產體系的時候了，學術學科是重要支撐，所有這些都要賴於形態研究的深入。基礎理論的缺失，已成為當前文化遺產事業的瓶

集是嚴格完成的田野調查和實踐探索，四十年多後的今天對安慶民歌的瞭解應站在更高的理論角度。把握總體格局，把安慶民歌用音樂理論進行全面分類梳理，理出共性、挑出個性、找出源流、查明基因、把握內涵、掌握外延等學術規律進行系列研究和闡述，將田野調查上升為理論研究，對安慶民歌進行學科體系化的深究，對安慶民歌未來系統化的發展打下堅固根基。〔註16〕

　　安慶民歌本體內涵的代表性、文獻性、科學性和藝術性，見證了安慶民歌的豐富歷史。它不僅是安慶各歷史時期政治、歷史、文學、語言、民族、民俗、和社會生活的見證，也給民間詩學、民俗學、社會學、語言學、歷史學、民族學和人類學提供了深厚的研究資料。今天的傳承和發展，無疑給安慶民歌的未來帶來了一系列的生機和活力。

　　顕，保護好傳承好歷史文化遺產的基礎之一是學術體系建設，從 2004 年至今，二十多年的實踐歷程，非遺實踐探索走在了觀察與理論思考之前；對文化遺產進行定位，從學術層面釐清其固有內涵，在此基礎上對現有遺產進行梳理，借鑒國際上對遺產體系的類型劃分。包括田野調查、實證分析等等……。」瞭望丨中國藝術研究院副院長、中國非物質文化遺產保護中心主任，王福州，《建立中國特色的文化遺產體系》，新華社客戶端，2022 年 5 月 28 日，@https://baijiahao.baidu.com/s?id=1734033933760420382&wfr=spider&for=pc。

〔註16〕2020～2022 年採訪記錄，這也是本書寫作的立意所在。

第二章　安慶民歌音樂研究

　　音樂本體的形態分析是音樂研究中核心和不可替代的內容，對民歌的題材、體裁、音階、節奏節拍、調式調性、曲式結構、和聲複調等構成細節進行縱深的分析比對可破解其中的基本規律，以此探索民歌的文化內涵和外延的基本特色。〔註1〕民族音樂學／音樂人類學田野調查的研究方法和理論構建可增強對音樂文化多層空間的探索，但仍不能脫離對音樂本體的根基性分析。

第一節　概述

一、題材

　　題材是文藝作品的內容和名字，來自歷史、社會的反映以及情感的需求，主要針對文字的主題和內容。自東周開始安慶便是古皖國的所在地，安慶民歌與該地區悠久的歷史並存。民歌作為歷史長河的藝術寫照，它的題材廣泛豐富，直接反映出人類的真情實感與哀樂思緒。

1. 歷史革命題材

　　此類民歌在搜集的資料中約有三十七首左右。作為特殊印記的歷史革命題材民歌，記載著新舊時代的故事以及革命歲月的痕跡，是共和國成長記憶的

〔註1〕　本書論述引用的安慶民歌譜例藍本是 1980 年油印本《安慶地區民音樂》第一集和第二集兩冊，以及陳國金後期整理的散頁曲譜等。另，本書寫作所依據的集成資料全部是簡譜首調記譜法，本著尊重原始資料的原因，所有音樂的本體分析是在首調概念上的說明，但基於本書的譜例已經轉換為國際通行的五線譜，讀者在讀譜時需要自行將之轉換為首調概念。

一部分。如四言體十二段歌詞記錄一千一百多字的《農村歡苦》（岳西），將舊社會農民一年十二個月的悲苦道出「天地寒心」之情。《鴉片煙歌》（望江）用本地的腔調和幽默的方言襯詞，諷刺洋人買通李鴻章將鴉片當寶貝，奉勸「我的哥呀，我的姐」，洋煙「害死我中國多少人，真是傷精神」，以歌警醒世人。《送郎參軍》（岳西）的歌詞「春季裏呀來開鮮花，青年那個參軍把敵殺，家裏男女老少都來送他，載上光榮花哎嗨喲，披著紅彩騎上馬哎嗨喲」，用五言體民歌訴說老百姓送兒郎參軍的喜悅之情，實則表達與舊社會的告別和對新世界的期盼。宿松民歌《剪個小大毛》是歌頌安慶百姓打倒反動派，珍惜解放軍留給人民幸福生活的平白直敘，用唱詞「不包頭不裹腳，男女平等剪一個小大毛」的樸實言語行動表明發自內心的棄舊從新之意。

2. 勞動題材

皖西南一帶地理位置以平原、小丘陵、河岔口居多，人民以小農經濟生產為主，耕田、種地、種麥，放牛、種菜、種茶、賣茶是主要的生活來源。這些題材真實反映出該地區人們的日常勞動方式，此類民歌在搜集的資料中約有五十多首。如《打石硪》、《打硪號子》《打夯歌》、《梨田歌》、《插秧歌》《薅草歌》、《車水歌》、《鐮刀歌》、《駕竹排》、《撇芥菜》、《探茶》、《盤茶》、《販茶》、《喝羊》、《慢趕牛》、《賣雜貨》、《二姑娘賣餃子》、《繡手巾》、《摘黃瓜》、《賣茅柴》、《賣湯鍋》、《小姑餵鷹又來著》、《趕老鷹》、《繡兜頭》、《補背搭》等。

3. 情感與生活題材

情歌自古以來便是民歌的重要表達內容，該類歌曲在安慶民歌中約有一百五十多首。內容簡樸平鋪直敘，但也有不少歌曲使用比興手法呈現。如《手扶欄桿》、《望郎》、《想郎》、《哭郎》、《郎愛姐》、《十愛姐》、《撩郎》、《鬧新房》、《老倒貼》、《新倒貼》、《拜姐年》、《探妹》、《兩眼汪汪對小郎》、《單身歌》、《四季送郎》、《乾哥調》、《調情》、《瞧姐歌》、《求姐歌》、《真月和姐說私情》、《男想思》、《不夠再來添》等題材。

4. 生活哲理與歌舞題材

此類題材的民歌大多活潑有趣且充滿人間智慧，其中不乏有佳作。如《扇子歌》、《瘕痢歌》、《打字謎》、《啞謎歌》、《三人獨佔一條街》、《曉星起山一盞燈》、《南風悠悠》、《姐家門口一棵桑》、《葉落金錢》、《油菜花開》、《瓜子仁》、《十二月花神》、《十二條手巾》、《竹子擔橋節節空》等，有些用民間歌舞演唱的形式舞出和唱出三餐四季與人生哲理，處處充滿人間煙火之氣。

5. 說唱與佛教音樂題材

民間說唱和宗教題材的音樂並不是當年相關搜集工作的重心，但此類曲目也佔有一定的比例，今日再看彌足珍貴。如《四門靜》、《抽牌調》、《開經竭》、《嗷佛》、《林英自歎》、《尼姑腔》、《和尚腔》、《道士腔》等。

二、體裁

文藝作品的思想內容需通過一定的體裁形式來表現，因此體裁是文藝作品樣式的類別，也是文藝形式範疇的重要因素。在文學中，體裁分為詩歌、散文、小說、戲劇文學等。在西方音樂中，體裁分為歌曲（進行曲、抒情曲）、舞蹈音樂、室內樂、輕音樂、交響樂、清唱劇、大合唱、歌劇等。在中國民族民間音樂中，民間歌曲、民間歌舞、曲藝、戲曲、民族器樂是最為常用的五大分類法。民歌體裁的分類大同小異，安慶民歌大致有小調、號子、山歌、牛歌、秧歌、舞蹈歌、風俗歌、搖籃曲（兒歌）、佛音、說唱歌曲等數類。（圖2-1）

圖 2-1：安慶城區、懷寧、望江、太湖、岳西、
潛山、宿松、桐城民歌體裁分布圖

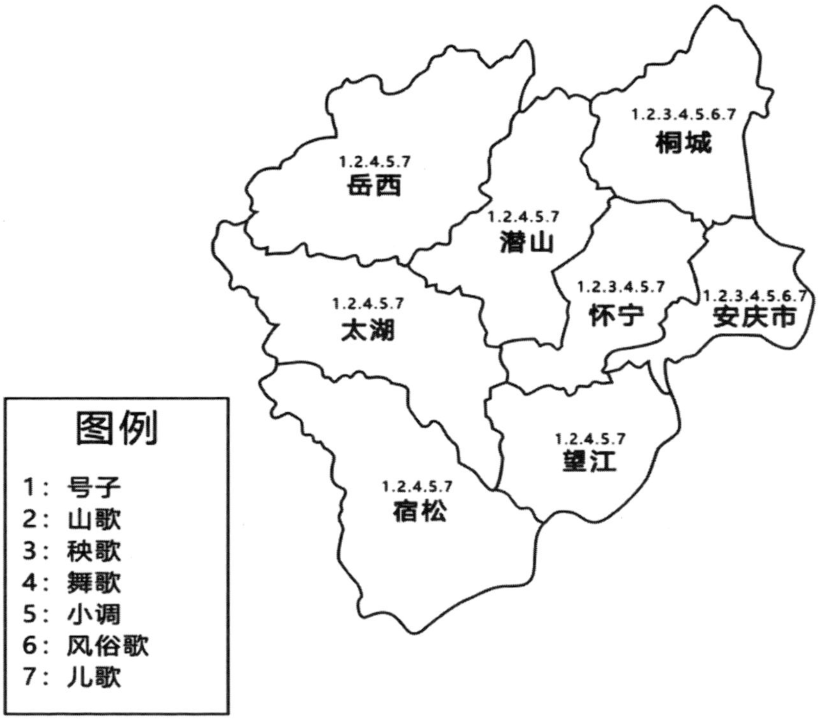

從安慶地區各市縣民歌分布的歷史狀況以及文化局、文聯從不同時期組織收集、整理彙編的五百多首歷史民歌資料來看，民歌的體裁可分以下三類：

1. 號子、山歌（牛歌、茶歌）秧歌

此類體裁的民歌大約有一百一十多首。號子是伴隨勞動而歌唱的一種常帶呼喊聲的歌曲，直接反映人類勞動和工作的場景。音樂性格剛毅粗獷，表現方法直接樸實。音樂節奏與勞動節奏緊相連，通常為一人領唱眾人和的演唱形式，如《打石硪》、《打夯歌》（望江）和《車水號子》（懷寧）等。

山歌是在山間田野唱的旋律，節奏舒展，旋律高亢優美，生產勞動和生活愛情是山歌的主要敘述內容。山歌的種類較多，諸如慢趕牛、慢趕羊、放牛山歌、快板山歌，寒音山歌，採茶山歌等。曲目有宿松寒音山歌《曉星起山一盞燈》、《四季送郎》、《竹子擔橋節節空》（岳西）、《伸手容易縮手難》（宿松）等。

茶歌是茶農採茶、製茶、販茶時唱的歌，內容豐富，旋律優美輕快，如《茶歌》、《採茶調》（$\frac{3}{4}$ 岳西）、《倒採茶》（$\frac{2}{4} + \frac{3}{4}$ 望江）等。

秧歌是農民插田勞動時的歌，安慶把插田、薅草農活都叫插田歌。它的旋律悠揚悅耳，節奏自由舒展，有一人獨唱，也有一人領唱眾人幫唱。如《口唱山歌手插秧》（望江）等，以一字多音的行腔方式遊走在田間地頭。

2. 小調

小調在安慶民歌中有三百一十多首，占比例最大，革命歷史題材歌曲從音樂分類角度來說也歸屬在小調範疇之內。小調主要是老百姓日常生活的心聲，描述勞動生產、柴米油鹽、家庭生活、男女愛情、自然風景等多種內容。千種人生萬種生活，感情萬千錯綜複雜，因此小調民歌的旋律盡顯豐富，各種調門、旋律、風格和情感的表達在其中大放異彩。如黃鼬歌（安慶城區）、《南風悠悠》（潛山）、瓜子仁（望江）、《燈歌子》（桐城）、《四季送郎》（岳西）、《正月初一拜姐年》（懷寧）《扁豆開花一把刀》（宿松）、《一根絲線拉過河》（太湖）等。

3. 舞歌、兒歌、佛音、說唱

這幾類民歌約有九十多首。舞歌是指民間舞蹈表演中唱的歌曲，因要在舞臺上用載歌載舞的形式表演，因此音樂大都完整成熟，旋律優美抒情，主題發展嚴密舒展，節奏輕鬆愉快，曲式上最少是一段體多則二段體、三段體。如《十二條手巾》、《繡花舞曲》（安慶城區舞歌）、《十二月花神》（潛山舞歌）等。

兒歌是兒童之歌和大人唱給兒童的歌，這類曲目簡單優美、個性鮮明，韻律較強便於流傳，如《小鯉魚》（望江）、《搖搖搖》（懷寧）、《娃要困覺》等。

佛音是佛教寺廟和尚尼姑念經佛事時頌唱的經文歌調，這類歌曲大部分是有宗教因素的本地民歌，通常旋律簡單且帶有吟誦低沉的效果。節奏以自由散板較多，四分之二節奏為主。有時為了改變情緒的單一性，也會用四分之二和四分之三節奏交替進行。如《尼姑腔》（宿松）、《和尚腔》（岳西）等。

說唱是人物在舞臺表演說唱並行，以本地民歌四句頭作為基本音調，旋律和節奏採用說唱時需要的曲牌模式，有時會加入鑼鼓使曲牌帶有部分板腔結構。如《道情》（宿松說唱）、《十勸大姐》（岳西四門靜說唱）等。

三、音階節奏節拍

大多數安慶民歌的音階起點相對較高，三音列和四音列民歌為基礎特色，如《瞧姐》（岳西）。占比例最多的是五聲音階曲目，如《鬧新房》（岳西）。還有一部分六聲音階曲目，如《山伯訪友》、《下河調》（岳西）。七聲音階曲目岳西和宿松民歌裏也有不少，如《等五更》（岳西）等。

通常觀點認為皖西南區域安慶民歌只有三音列和四音列的說法並不全面，根據全區五百多首民歌資料顯示，該地區是一個七聲音階具備的音樂寶藏。正因為這些優質的民歌內涵，才孕育延伸出黃梅戲、高腔、文南詞、彈腔、夫子戲、曲子戲等優秀的地方戲曲劇種。

強弱恒量的節奏和拍數計量的節拍在安慶民歌中的呈現也較為豐富多樣。四分之二和四分之四節奏的民歌占半數以上，如《伸手容易縮手難》、《十二條手巾》（安慶城區）等。四分之三節奏的民歌約有三十多首，如《十里亭》（桐城）、《探茶》（潛山）《採茶》（岳西）。四分之二和四分之三節奏交替進行的民歌約五十多首，如《豐收謠》、《探妹》（潛山）、《倒採茶》（望江），《龍船調》（宿松）、《四季相思》（岳西）等。

一首曲目裏有四分之一、四分之二、四分之三、四分之四共計四種節拍交替的曲目有二十多首，如《道情》（宿松）、《鬧花燈》（岳西）等。八分之三節奏的民歌有《駕行排》（宿松）等六首。八分之四、八分之五、八分之六這三種不常見的節拍在一首曲目中同時交替使用的民歌有《什麼花開一汪白》（安慶城區）等。

四、旋律曲式

旋律是一首民歌曲調的起伏線條狀態，作為歌曲的流動血液，配以歌詞題材和體裁的不同，以音樂的情感各異形成高低起伏、千變萬化的線條，構成風

格各異、情緒萬千的各類民歌。音程和音域音區的多變是其表現形式的主要手段之一。

曲調旋律音幅度較小的跳動如三度、四度等，使曲調優美柔和、抒情性較強。安慶民歌中常有二度、三度、四度跳躍，該旋律走向稱二度行腔、三度行腔、四度行腔。此類曲目在安慶民歌中數目較多，與歌詞和方言結合後形成皖西南安慶地民歌的主體風格。如《瞧姐》、《十二月瓢》、《瘌痢歌》、《補褙褡》、《道花名》等。

旋律在四度、五度內跳躍進行也是安慶民歌的主體之一，約占安慶民歌的三分之一多，如《乾嫂子》（潛山）、《打字謎》（桐城）、《開門調》（望江）、《蓮箱調》、《望郎歌》（岳西）、《油菜花開》（懷寧）、《什麼彎彎擔在肩》（太湖）、《伸手容易縮手難》（安慶城區）等。

音程跳動行進的距離越遠如六度、七、八度大跳，曲調就愈發誇張，表現力更加縱深，這在北方民歌中較為常見，在南方民歌中不為主流，這是一方水土養育一方人的情境所致。安慶地區望江縣、岳西縣、潛山縣、宿松縣民歌中也有大跳的曲目如《打硪歌》、《打船歌》（望江），《化緣調》（岳西）、《十繡》（潛山）等。而一拍和一個小節之內有七度、八度大跳的作品有《十勸郎》、《十繡》（潛山）等。更有十三度大跳的《四季送郎》、十二度大跳的《採茶》、十度大跳的《大拜年》（岳西）等，曲目張力較大。這些豐富變化的曲目例證，可以直接否定通常認為皖西南安慶地區民歌僅有相對平淡的三、四度小跳，而沒有七、八度大跳的觀點。

音域和音區與定調是輔助表現旋律的手段之一，與體裁、演唱形式、人聲分區等多種因素一起影響著旋律的發展進程。通常安慶民歌小調音域基本在八度以內，抒情優美。但在岳西民歌中有音域跨度達十六度、人聲在中高聲區演唱的曲目，從而構成了別具一格的高腔風格，如《採茶》（岳西）音域達十二度。安慶望江民歌也有音域跨度較大的曲目，如《打硪歌》（望江）音域達十三度等。

曲式結構作為民歌旋律邏輯的基本因素，是音樂成熟化的重要標誌，其規律更為嚴密穩定。通常的結構單位有：樂節—短小的、有相對獨立性的音樂片斷，即一個小節。樂句—由若干個樂節組成，有一定的完整性可獨立單位。樂段—一個樂段由兩個以上的樂句構成結構獨立完整。一段式——標記為 A，有一句體、二句體、三句體、四句體、五句體、六句體、七句體、八句體結構。

二段式——標記為 A＋B，旋律為二段旋律結構，第二段是第一段的發展，兩段是一個有機完整曲目。三段體——標記為 A＋B＋C（或 A），旋律結構有三段，C 段是 A 段和 B 段的再發展或是 A 段再現等。

安慶民歌的歌詞結構較為多樣，其中加入大量襯字和襯詞，使樂句的篇幅長短不一。除勞動號子（如《打硪號子》（安慶城區）多為方整性結構，其他山歌、秧歌、小調類民歌，多數呈非方整性結構。結構為一段體的民歌也可能是四句、五句或更多，如《田埂路窄怎讓開》等。

一段體結構的民歌約占安慶民歌的百分之八十以上，如《什麼花開一汪白》（安慶城區），《么東西出山篩子大》（懷寧），《趕雞》（望江），《什麼彎彎擔在肩》（太湖），《識字花》（岳西），《乾嫂子》（潛山），《曉星起山一盞燈》（宿松），《燈歌子》（桐城）等。

安慶民歌中還有二十首左右的二段體民歌，如《十二條手巾》和《繡花舞曲》（安慶城區），《姐家門口一棵桑》和《四季送郎》（岳西）等。三段體民歌僅有為數不多的幾首，如《姐家門前一棵桑》（岳西）等。

五、調式調性

調式是民歌中一定音列的形態、格式與性質，它以某一音為主，使高低不同的音圍繞主題有規律（音的數目、高低關係、穩定與不穩定）地進行。最常見的規律是調式中最少三個、最多七個（或更多）音符按照情緒和色彩特色組合後，調式的性質從不穩定到穩定，最後以穩定結束完全終止。（也有在不穩定和不完全終止結束）

譜例 2-1：望江民歌《打石硪》

這是一首五聲徵調式民歌，它由 SOL、LA、DO、RE、MI 五個音組成。五個音作用不同，其中 SOL、DO、MI 三個音在曲調中起著支柱作用，尤其是 SOL 音作為徵調的主音比 MI 音、DO 音更加穩定，DO、MI 音是下屬音及下主音。LA 音、RE 音是本曲中不穩定音，是上主音和屬音。調式性質要求從不穩定進行到穩定解決，不穩定音在曲調中能增加色彩。這首曲目為了強調 $\frac{2}{4}$ 強

弱的勞動節奏,每小節和樂句曲調都從不穩定音上主音 LA 和屬音 RE 開始,經過較穩定音 DO、MI,最後落在穩定音 SOL 上終止結束。

調式類別通常多種多樣,並非孤立靜止,它會受到多種因素的影響而變化。安慶民歌裏常見的調式是民族五聲調式,調式正音 / 主音為 DO、RE、MI、SOL、LA,而 FA、SI 為偏音,每個正音都可作為民歌曲調的主音而構成主音調式,其他幾個音分別在曲調中起著相輔相承的支撐作用。

六、調式分類與布局

安慶民歌的調式調性豐富,民族五聲調式宮商角徵羽全備。其中以徵調式和宮調式為主要成份的民歌,在安慶各地佔據較大的比重,尤以望江、懷寧、太湖、城區等地居多。南方較少的角調式和商調式民歌,在岳西、望江、宿松民歌中佔有相當的比例。藉此,從民歌調式調性的多少和分布情況可論證安慶民歌內在本體的血緣關係。安慶民歌不僅有南方民歌的優美抒情,也兼備北方民歌的高亢悠揚,符合該地南北過渡區域的地理特徵。它不僅有四句頭、單樂句的小民歌,也有多段體結構、曲式變化豐富的大民歌。

1. 徵調式民歌

徵調式民歌目前統計有一百九十五首左右,約占全區民歌的百分之五十之多,且分佈在全區各區域,其中城區、懷寧、望江、太湖為最多。如此大面積調式相同的民歌,其內部結構的規律也基本相同,從而產生出安慶地區以徵調式為結構的共同主題樂句,如:

諸如此類大同小異的主題動機樂句,也是黃梅戲裏花腔小戲、彩腔、平詞、八板、三行、二行唱段常見的調式調性結構,為黃梅戲及安慶地方稀有劇種高腔、彈腔、文南詞、夫子戲、曲子戲的生存和發展提供了音樂的生發土壤。各地區徵調式曲目統計如下:

望江:《送下宮》、《雅片煙歌》、《洋杯子酒》、《農民歡苦》、《女工今昔》、《悲歌》、《報花名》、《單身歌》、《乾嫂子》、《老人經》、《花子調》、《算命調》、《小桃子》、《十月懷胎》、《五更調》、《打五更》、《舊送郎》、《望郎》、《哭郎》、《歡郎歌》、《十愛》、《拜姐年》、《撩姐》、《歡妹調》、《補褙褡》、《閨女調》、《十月瓢》、《鬧新房》、《老倒貼》、《八恨》、《油菜開花》、《十二條手巾》、《十

條手巾》、《劃旱龍船》、《撇芥菜》、《新八摺》、《多來多》、《採茶調》、《倒採茶》、《販茶調》、《放牛對歌》、《插田山歌》、《小放牛》、《打石硪》、《開小店》、《貨郎客》、《賣雜貨》、《賣小貨》、《開經竭》、《佛腔音樂》、《拜觀音》、《拐棍經》、《三人獨佔一條街》、《抽牌調》、《打硪》、《犁田歌》、《姻花女子十歎》、《扇子歌》、《賣雜貨》、《看姣姣》、《挑花燈》等。

岳西：《十杯酒》、《道花名》、《玉美郎 1》、《玉美郎 2》、《手扶欄杆調》、《望郎調》、《手拉槐樹望郎來》、《郎愛姐》、《十愛姐》、《蓋過岳西縣》、《山伯訪友調》、《跌落金錢》、《二姑娘賣餃子》、《採茶》、《採茶調》、《歎四景》、《送哥當紅軍》、《窮人歌》、《山歌單打姐的心》、《南風悠悠》、《不好說是望郎來》、《駕竹排 1》、《駕行排 2》、《採茶》、《姐家門前一棵桑》、《十勸郎》、《探妹》、《繡手巾》、《繡五更》、《正月和姐說私情》、《十雙紅繡鞋》、《青陽扇》、《十二月飄》、《上大人 1》、《冤家調》、《月照紗窗》、《採花》、《大拜年》、《十勸大姐》、《白水畈》、《林英自歎》、《白牡丹》、《報花名》等。

潛山：《十繡》、《南風悠悠》、《屯雞子》、《想郎》、《姐家門前一個塘》、《劉家橋》、《鮮花調》、《十二條手巾》、《豐收謠》、《探妹 1》、《探妹 2》、《拜妹年》、《茶歌》、《採茶》、《十送香茶》、《慢趕羊 1》、《慢趕羊 2》、《慢趕羊 1》、《慢趕羊 2》、《山歌對唱》、《賣雜貨》等。

宿松：《一說公社好》、《剪個小大毛》、《三杯茶》、《來了解放軍》、《曉星起山一盞燈》、《麻城山歌》、《放牛歌 1》、《販茶歌》、《探姐》、《繡頭巾》、《挑花籃》、《十恨 2》、《一更鼓》、《姐在房中繡荷花》、《姐在房中繡麒麟》、《姐在房中梳油頭》、《鮮花調》、《九弟身帶女花香》、《繡荷包》、《外加一件毛藍布褂》、《乾哥調》、《對花》、《蓮花落》、《十樣花》、《十里更》、《手扶攔杆》、《癩痢歌》、《遊江》、《勸郎》、《哭嫁》、《賣茅柴》、《千村萬戶春耕忙》、《湘江浪》、《手把槳兒》、《點點花兒開》、《一去無音訊》、《等郎歌》、《管不了奴的心》、《不夠再來添》、《道情》、《尼姑腔》、《和尚調》、《化緣腔》、《山歌好唱口難開》等。

桐城：《打字謎》、《十里亭》、《姑娘賣餃麵》、《燈歌子》、《四季花開》、《慢趕牛》等。

太湖：《單身歌》、《五更裏》、《賣湯鍋》、《十繡洞》、《龍抬頭》等。

懷寧：《手扶欄杆》、《油菜花開》、《慢趕牛》、《喝羊》等。

安慶城區：《黃鼬歌》等。

2. 宮調式民歌

宮調式民歌在安慶民歌中有五十四首左右，以望江、宿松、岳西等地居多。這是本地基音生長的民歌，同時受湖北、江西、合肥、六安等周邊環境的因素影響。安慶民歌有吳頭楚尾之痕跡，在宮調式民歌曲目中表現得比較明顯。各區宮調式曲目統計如下：

岳西：《唱五更》、《送郎參軍》、《癩痢歌》、《等五更》、《妹勸郎》、《今年想妹正當年》、《新倒貼》、《鬧新房》、《小鯉魚》、《十把扇子》、《掃除文盲》、《十懷酒》、《竹馬調》、《棋盤調》、《補褙褡》、《四季相思》、《四門靜1》等。

望江：《擺擂臺》、《鳳陽歌》、《虞美人》、《想郎》、《五勸姐妹》、《賣油郎獨佔花魁》、《調情》、《繡麒麟》、《瓜子仁》、《扇子歌》、《響連天》、《新八摺》、《猴子調》、《拜年》、《放牛山歌》、《小伢對歌》、《嗷佛》、《勸私郎》、《搖籃曲》等。

宿松：《翻身歌》、《放牛歌2》、《勞郎歌》、《想郎》、《送郎》、《倒香茶》、《探妹》、《恭喜》、《拜年歌》、《小小月亮圓又圓》、《相思調》、《怕到春日來》、《小妹今年一十八》等。

潛山：《十勸郎》、《我有哪莊事》、《十二月花神》等。

懷寧：《正月初一拜新年》等。

桐城：《啞謎歌》等。

3. 羽調式民歌

羽調式民歌在安慶民歌中有三十首左右，它呈現出較多的安慶民歌初始的音樂脈絡。如《瞧姐》的旋律多用三度、四度行腔，柔美舒展特點突出，受外來因素影響不多。各區羽調式曲目統計如下：

望江：《開門調》、《賣雜貨1》、《賣雜貨2》、《嗷佛》、《尼姑腔》、《洋杯子酒》等。

岳西：《妹想郎》、《棋盤調》、《十條手巾》、《瞧姐》、《竹子擔橋節節空》、《下河調》、《有個人在心間》、《道士腔》等。

宿松：《楊柳紅調》、《姐在園中鋤茄稞》、《勞郎歌》、《春季裏》、《乖姐心裏明》等。

潛山：《薅草歌》等。

4. 商調式民歌

商調式民歌在安慶民歌中有二十二首左右，在整個安慶地區的音樂中起

著重要作用。該調式的曲目結構容量寬廣，音樂表現力強，不僅可以表現高亢明亮的興奮之情，也可以表現優美低沉的悲哀之思，是黃梅戲、文南詞等板腔體唱腔音樂生長和發育的基因。各區商調式曲目統計如下：

　　岳西：《四季送郎》、《識字花》、《葉落金錢》、《蓮花落 1》、《蓮花落 2》、《四季送郎》、《四季調》、《上大人 2》等。

　　望江：《新年》、《繡兜頭》、《求親》、《紅繡鞋》、《油菜花開》、《推車燈》、《尼姑下凡》、《十二支花》等。

　　宿松：《十恨 1》、《心腹上心的人》、《一把扇子一斬齊》、《旱船調》、《龍船調》等。

　　懷寧：《數水歌》等。

5. 角調式民歌

　　角調式曲目在安慶民歌中有三首左右，並不多見。從曲調旋律結構來看，亦是本土生長的民歌，外來因素痕跡較小。曲目雖少，但也證明了通常認為安慶民歌沒有角調式的觀點並不全面。各區角調式曲目統計如下：

　　岳西：《四合如一》、《歡四景》、《姐在河裏洗包頭》等。

6. 調式交替的民歌

　　調式交替的曲目，據不完全統計有十九首左右。此類曲目分布於市縣各區域，獨有特色與個性，技法深邃、旋律跌宕起伏。這種技法可以讓曲式結構不斷發展和延伸，成為有特色的小曲，或發展為大型的唱段和樂章，這也是安慶黃梅戲及地方稀有劇種唱段發展的最大特色技法手段。各區調式交替的曲目統計如下：

　　岳西：《兩眼汪汪對小郎》《莊稼無水欠收成》（徵羽交替）；《鬧花燈》（徵羽交替落句離調）；《嗷佛》（羽徵交替）等。

　　潛山：《小姑喂鷹又來著》（徵羽交替）等。

　　望江：《山歌對唱》《不知英臺是裙衩》（徵羽交替）等。

　　懷寧：《嗷佛》（羽徵交替）等。

　　安慶城區：《繡花舞曲》（徵羽交替）等。

　　宿松：《焦心腸》（徵角交替）等。

7. 不完全終止結束

　　通常為了通俗易懂簡單上口的效果，民歌曲調的進行常使用一個調式，結束落音在主音上完全終止。但另有不少曲目採取不同的技法，尤其是曲藝和戲

曲,為表現本曲的意境和內容使之沒有完全了結,尚有意味悠長之意。用男女對唱和接唱來表述更長的情緒和意願,因此在原曲結尾完全終止的主音又加上一個不完全終止音,好讓曲意繼續延伸。

通常的做法是加上主音上方二度的音,調式中叫上主音。如宮調式結尾落音在主音 DO 上,但最後又拖一個上方二度的 RE 音。徵調式的結束落音在主音 SOL 上,但尾巴又拖上一個上方二度的 LA 音。也有結束音落在主音上方五度、呈不完全終止狀態的曲目,如《娃要睡覺》(懷寧)是宮調式曲目結束落音在主音 DO 上,但又拖了個尾巴 SOL 音,類似這樣的曲目全區約有二十多首。各區不完全終止曲目統計如下:

望江:《送郎一條汗毛巾》(落主音上方二度)、《採茶調 4》(徵羽交替落主音上二度)、《趕雞》(徵羽交替落主音上方二度)等。

桐城:《鬍子蒼蒼也唱歌》(落主音上方二度)、《什麼花開一汪白》(徵調落主音上方二度)等。

懷寧:《八仙慶壽》(落主音上方二度)、《娃要睡覺》(宮調落主音上方五度)等。

安慶城區:《伸手容易縮手難》(落主音上方二度)等。

岳西:《勞工神聖》(落主音上方二度)等。

潛山:《大腳》(宮調落主音上方五度)等。

第二節　基本特色

一、安慶方言

安慶方言分為江淮官話和贛語安慶片。贛語安慶片包括大部分的懷寧縣、潛山縣、太湖縣、望江縣、非沿江區域的宿松縣、除大渡口鎮的東至縣、青天到石關一線以南的岳西縣、桐城市部分地區、石臺縣城及西北部、貴池縣西部及東南角。江淮官話洪巢片安慶小片包括安慶市區、樅陽縣、桐城大部分地區、高河鎮至月山鎮以東的懷寧縣、池州市區以及東至縣大渡口鎮。

安慶城區、懷寧、望江、太湖屬這片語言的中間地帶,受吳頭楚尾的影響,基本稱江淮官話,也叫皖西贛語,現統稱安慶方言。地處皖西南一帶的安慶民歌音調,是產生於皖西南一帶的民間方言,這片區域的聲腔、語調大同小異,主要特徵表現在語音、詞語、語法三個方面。

　　1. 語言特徵

　　（1）有些普通話讀不送氣聲母的字，這裡的方言也讀成送氣聲母。如，步讀 q、稻讀 t、共讀 k、丈讀 ch 或 c、歸讀 q。

　　（2）zh 組聲母拼合口呼韻母的字與 j 組聲母拼撮口呼韻母的字相混。如，肫＝軍，廚＝渠，書＝虛。

　　（3）把一些 u 韻母字混讀成 ou 韻母。如，堵＝斗，途＝頭，祖＝走，蘇＝搜。

　　（4）有一些普通話讀舌面音拼齊齒呼韻母的字，這裡卻讀成了舌根音聲母拼開口呼韻母。如，講＝港，鴿＝看，鞋＝黑。

　　（5）都有與 en、eng 與 in、ing 韻母不分詞。如，更生＝根深，經營＝金銀。

　　（6）聲調有五個、六個兩種，共同特點是平、去分陰、陽兩類，全濁上聲字歸陽去。入聲丟失塞音尾，與舒聲韻混同。

　　2. 詞語特徵

　　（1）稱岳父、岳母為「外父、外母」，妻子稱「堂客」，男子漢稱「老的」，已婚婦女稱「奶奶」，小孩和嬰兒稱「伢」。

　　（2）右手叫「順手」，左手叫「反手」，膝蓋叫「色坡囉」，人死了叫「人走了」。

　　（3）肉豬叫「香豬」，母豬叫「獵娘」，公雞叫「雞公」，母雞叫「雞毛」。

　　（4）餅叫「粑」，棉鞋（黑）叫「暖鞋（黑）」，繩子叫「索」。

　　（5）近的指「得的」，中指「嗯的」，遠指「喂的」，去年叫「舊年」；疑問詞有「麼事？」（什麼事？），「幾多？」（多少？），「索何的？」（怎麼樣？）。

　　（6）「拿」說「搞」，「站」說「倚」，「玩」說「戲」，「吵架」說「港口」，「掉」講成「脫」，「他」念成「佢」。

　　（7）待人和氣說「莫逆」，反之說「忤逆」，邋遢說「賴汰」，女人賢惠叫「停當」。

　　3. 語法特徵

　　（1）動詞後「到」和「脫」的不同語法功能。「到」出現在動詞後面，讀輕聲，表示動作持續。如：倚到唱，腳（爵）又酸，坐到唱，咀（幾）又乾。「脫」出現在動詞後的，讀輕聲，表示動作結束。如：小伢跑脫著，佢的戒（蓋）指落脫著。

（2）雙賓語句（給我一本書）普通話是人置於物前，安慶方言習慣將物置於人前，讀成「把一本書給我」。

京劇用湖廣韻演唱，徽班發源於安慶府，進京後與漢調藝人合流。無論潛山的程長庚，懷寧的楊月樓、江夏的譚鑫培說的都是這片方言。以安慶市城區為中心緊圍的周邊幾個地域，咬字發聲已逐漸走向互相都能接受的大眾化語言，這種語言更靠近，就是大眾都能接受，並是產生黃梅戲舞臺語言的基礎語言──安慶官話。

講話產生的民歌、歌詞音韻「十三轍」，即面、上、定、東、葵、代、道、起、求、個、固、下大體相同，其中面、上、定、東、葵、代七個韻僅有陰平、陽平、上、去四聲，沒有入聲。起、求、個、固五個韻有入聲，表現在字音高低的四聲。陰平下滑又平走，陽平由中向高揚，上聲微下即高轉，去聲由高去低藏。發音的五音（唇、齒、牙、喉、舌）和四呼（a、i、u、ü）也基本類同。其中最有特色的語法、語彙、語音詞，雖然四聲五音各有特色，但基本咬字語調相同。

如「家」字念成「嘎」，都是一字兩用，作動詞用是念「嘎」（家來咋），作賓語用念成普通話的「家」（回家啦），只是城區「家」的四聲往上揚一點，望江太湖「家」的四聲往下走一點，基本音調各縣保持一致。如語尾助詞：「時間不早─（了呵）、你去（啥）、你好好─講（趕）嘛」。誇張的感歎詞：「呵嗟！你講的比唱的還好聽些、乖乖隆的冬！許多─呵！」。加長語氣詞：「麼事？你講（敢）他─哇？你講（敢）麼東─西啊？」。

有個性的語彙：「麼落的（什麼地方）、假馬的（故意的）」。特殊的土語念法有：「街」念成「該」、「六」念成「樓」、「底下」念成「斗哈」、「孩」子念成「額啊」子，「睡覺」念成「困告」、「鞋」念成穿「孩」等。又如，一些古怪僻偏的韻母「江陽」和「言前」不分的字，各縣都有且念法相同，如長「江」、太「陽」，都是「昂、安」不分，這樣的字音難以收韻也不好聽，在不斷的生活和舞臺實踐中，基本被普通話逐步代替。這些方言土語的共同之處，是城區、懷寧、望江、太湖四個地域出現共同基本音調的土壤和源頭。

二、三度行腔

安慶民歌婉轉動聽、柔和抒情，其旋律進行的獨特技法是三度行腔。三度的內涵穩重典雅，古稱三度音程為君子音程，用三度進行的旋律為三度行

腔。在旋律中，反覆出多次出現小三度跳躍掌控整個曲調，並用同音反覆、級進的方法不斷進行。在三度行腔的曲目中，不排除偶而出現部分超三度的大跳，但幾乎沒有七度、八度大跳。整個曲目的音域不寬，適於各種自然聲區演唱，達到不同人聲的最佳效果。這種曲目在安慶各區域都有存在，典型代表以岳西民歌較多，如《十二月瓢》、《瞧姐》、《癩痢歌》、《補褙褡》、《道花名》等。

三、四度行腔

曲調簡樸悠揚的安慶民歌特色鮮明，其中還有一種具有安慶地方色彩的旋法是比三度行腔的曲目更顯明亮寬廣的四度行腔，即 LA-RE 或 SOL-DO。該四度是音階高低衡量的度數，與安慶地區各地區語言行腔高低同出一轍，既沒有高聲喧嘩，也沒有低厚音的行走，只有中聲區四度的講話，安慶的大多數民歌便是在這樣的語言基礎上產生。四度行腔的曲目旋律有用同音反覆、級進連接的方式，也有樂句與樂句之間四度和四度模進的方式進行。例如連接中只有 LA-RE 和 SOL-DO 兩個四度音型的曲目，望江民歌《趕雞》中的主題樂句就很有代表性：

這種行腔結構的曲目，幾乎遍及安慶每個區域，以潛山、望江為最多，是帶有地域標籤的安慶民歌。

四、調式交替

在同一首曲目中，比較常見的是按一個調式規律構成的歌曲，但也有在同一曲目中，出現不同調式的轉換和綜合為調式交替。特別是中國民族民間音樂和戲曲音樂裏，曲調進行採用的這種調式交替的形式較多，從而構成各地方民間音樂的多樣、複雜性。

基本方法有：轉調式（調式轉換）是音樂從一個調式轉到另外一個調式，一般新調陳述段落較完整。暫轉調（臨時性的轉調），一般新調雖有明顯特徵，但沒有完整的陳述段落。調接觸是比暫轉調更短暫的調式交替，在原調的基礎上出現某些調的特徵音，但不一定具有完整的終止式。調融合是兩種或三種不同調式的相融合，形成新的調式。這四種調式交替技法的曲目，在安慶民

歌裏均有出現。出現最多的為轉調式和暫轉調式，如《小姑喂、鷹又來著》（潛山）、《妹勸郎》（岳西）等。

安慶市是戲曲之鄉，黃梅戲知名度最大。其他如高腔、彈腔、文南詞、夫子戲、曲子戲等地方稀有劇種各有特色，它們的唱腔音樂是在本地民歌的土壤根基上生發成長。安慶民歌裏的調式交替技法正是不少戲曲唱腔的獨門技法，也是支配引領戲曲唱腔的發展和變化的重要手法之一。

五、不完全終止

樂曲結束最後一個結束音應是該曲目調式的主音，曲調才表現得完整。不完全終止則是結束音並不落調式主音上，而落在主音的屬音、上主音或其他音上。

安慶地區各個區域裏都出現了不少的民歌，結束落音都在該調式主音的上方二度音（上主音）。例如，一首宮調式民歌的結束句落音應該是主音 SOL，但結束音又拖上一個尾巴音 RE。一首徵調式民歌結束句落音應該在 SOL 音上，但最後又拖了一個尾巴 LA 音結束。這種落音有不完全終止感，給歌詞和曲調的感情延伸留下了大量的空間和餘地，像餘音繚繞，纏綿不斷，為詞曲後面繼續延伸和發展鋪開一條廣寬大道。

在安慶黃梅戲裏的曲牌體花腔和板腔體平詞中，許多的唱腔都採用了這種手法，為完滿完成人物內心世界複雜感情的轉換。不僅如此，這種落句的不完全終止手法，也成為黃梅戲男女花腔、平詞、對板曲調的作曲技法的最突出特色和精髓。例如：

1.《八仙慶壽》（懷寧），是一首宮調式曲目，最後落音應是 DO，但此處落音由 DO 音轉到上主音或叫上方二度的 RE 音上，不完全終止給人以餘音繚繞的感覺。

2.《鬍子蒼蒼也唱歌》（桐城），是一首宮調式民歌，結束落音應在主音 DO，而此處卻落在 DO 音上方二度 RE，顯得未完全終止而達到回味的效果。

3.《趕雞》（望江），是一首徵調式民歌，最後落音應該在 SOL，而此處落音也是由 SOL 音轉到上方二度（上主音）LA 音。未終止讓臺詞的高喊「唷—呵」有遠傳回聲的效果。

4.《伸手容易縮手難》（宿松），是一首徵調式民歌，終止落音應在調式主音 SOL，而此處卻落在上方二度 LA 音，未終止表現歌詞「忍氣吞聲在肚裏」

的不服氣的深度感。

5.《什麼花開一汪白》（安慶城區），是一首商調式民歌，最後落音應在主音 RE，而此處由 RE 音轉落到上主音 MI，用「小伢來」結束顯得俏皮幽然。

6. 結束句落音在調式主音上方五度的曲目，例如，《娃要睡覺》（懷寧）和《大腳》（潛山）。這是二首宮調式民歌，結束句落音應在主音 DO，但最後結束卻落在 SOL 音，是主音的上方五度的屬音，從而行成半終止狀態，比不完全終止的上方二度稍穩定，伸展感覺又似約束了一些。

六、共同的基本音調（「基音」）

安慶地區各區域的不少民歌聽起來似乎是一個腔調，其實這正是安慶民歌重要的特色因素，它恰似源流血脈流淌在皖西南土地之上，孕育著這一方水土文化。其音樂本體的區域範圍應包括：安慶行政區域劃分內的安慶城區、懷寧、望江、太湖、潛山、宿松、岳西、桐城，也包括行政區劃外的周邊區域樅陽、東至、貴池、青陽等地（因行政區多次變動劃分出去）。此地的人們依靠長江、皖河水，用類似的勞動方式和共同的生活習俗生活了千年，用近似的語言產生出獨有的民歌音樂文化。

通過前文調性調式分類和徵調式曲目的展示，安慶民歌是在本土音樂文化因素中澆灌出來的一朵豔麗大花朵。它的主題基本音調（以下簡稱「基音」）是：從征調式音樂中產生出 SOL、LA、DO、RE、MI 四個或五個骨幹音，形成一個音樂主題，並用徵調式調性規律發展變化，根據歌詞不同發展出不同風格的主題樂句，如：

此類樂句的結束落音必須在徵調式的主音 SOL 上，音樂風格簡練樸素、抒情柔美。從田野調查和大量的民歌資料中分析得出，這個基音的產生與分布主要是在安慶城區、懷寧、望江、太湖四個地域，基本形成安慶地區基音的中心地帶，類似一朵大花朵的花芯。

這個花芯的基音，根據地理位置的不同，又以中心地帶為軸，向東、西、南、北延伸，促生出四朵美麗的大花瓣——岳西民歌、潛山民歌、宿松民歌、桐城民歌。這四朵花瓣在自身水土的營養下，同時接受周邊地域民歌文化的影響，從而生發出具有基音風格，而又有不同色彩的民歌花瓣。

七、區域音樂概述

1. 安慶城區民歌。安慶方言的發聲咬字雖基調都屬於安慶母語方言，但比所屬縣區的方言更接近普通話和大眾化。作為產生安慶官話的土壤，它吸收保留了大安慶母族土語的精華，剔除各縣區域發聲咬字上的一些難懂難唱拗口的糟粕，為黃梅戲小白、官白、大白的發聲咬字提供準確的基礎。因此，安慶城區的民歌，除原郊區有一些農舍農村傳下來的民歌外，大部分是用安慶地區共有的技法發展和編創的曲目，與黃梅戲唱腔十分接近，有的技法和篇幅更是超越了黃梅戲唱腔，如《十二條巾》、《繡花舞曲》等。

2. 望江民歌。這是徵調式民歌產生於安慶民歌中心地帶的基因之核，也是延傳和發展黃梅戲龍腔的基地。同時也有大量本土產生的宮調式和商調式作品，是安慶民歌本土風格的最大產地。

3. 懷寧民歌。因懷寧與望江接壤，除了有中心地帶產生基因的土壤，另為本地夫子戲的產生地，有不少在本地交織出來的商調式作品，如《車水號子》等。

4. 太湖民歌。太湖與懷寧、望江接壤，地理位置幾乎形成一個圈形，所以除了有產生中心音調的徵、宮調式作品，另有本地的曲子戲，因此民歌中有外來的弋陽腔元素，民族調式中不常見的 FA、SI 音也經常出現。

5. 岳西民歌。岳西身處大別山，與湖北、六安交界，加上青陽腔的界入，產生的民歌帶有深山老林特色的「高腔調」。

6. 潛山民歌。潛山地處皖河中游，即岳西與望江的中間地帶，它產生出來的民歌風格介於兩地之間，另帶有「彈腔」風格。

7. 宿松民歌。宿松地處湖北、江西、安徽三省中間，它產生的民歌受三地文化影響較多，帶有「文南詞」風格。

8. 桐城民歌。桐城是桐城派文學發源地，深厚的文化底蘊孕育出獨特風格的民歌自成一派。桐城派文學影響中國文壇二百年，吳頭楚尾的文學和音樂風格相互滲透，桐城民歌音樂中的宮調式作品（包括望江等地）是「吳頭、楚尾、皖正身」的融合產物。因桐城距安慶中心地帶與合肥、舒城幾乎同等遠近距離，因此產生出來的民歌，部分也帶有合肥、舒城地區的盧劇風格。

安慶中心地帶這個基本音調——「基音」，類比長江的山水圖畫，貫穿江淮大地，生發出皖西南地區一朵豔彩的民歌大花朵——安慶民歌，恰猶如一簇花芯促生的四朵大花瓣落於人間。此處將其圖示畫出：（圖 2-2）

圖 2-2：安慶民歌音樂「基因」特色分布圖

小結

　　通過上述的研究分析可以看出，安慶民歌的音樂體裁豐富全面，不局限於常見的小調和情歌。旋律音階跨度全備，節奏節拍齊全多樣，宮商角徵羽民族五聲調式齊全。曲式結構豐富，曲調完整，四句頭的結構較多，但也並不局限於此。

第三章 安慶民歌色彩區域研究

第一節 「基音」中心區域民歌（安慶城區、懷寧、望江、太湖）

一、人文地理

安慶城區、懷寧、望江、太湖四個區域地處在長江、皖河水邊，這裡沒有高山大脈，只有綿延起伏的低山丘陵、平原沙丘和星羅密布的內河湖泊。農民以捕魚、種水稻、棉花、小麥等小農產品和小礦山資源為主，望江挑花、懷寧貢糕、太湖竹器等手工農產品以及安慶市城區的各種食品作坊聲譽四方。

這片區域的地理位置特徵和人們勞動生活習俗相同類似，說話語言的四聲五音、咬字基本接近，從勞動生活中產生的許多基本音調也都大致相同，如小調、情歌、號子、山歌、佛音民歌等。由於安慶市城區作為安徽省省會和政治文化中心長達二百八十二年之久，語言是皖西南一片最接近安慶官話的中心，也直接影響到周邊各地區，因此安慶民歌共同基本主題音調的形成，就是以安慶城區、懷寧、望江、太湖為中心的地帶。

二、徵調式基音主題樂句

都有一個以徵調式結構，骨幹音是 SOL、LA、DO、RE，MI，並有一個共性的主題樂句和結束句是：

這種共性主題樂句，占四個地區民歌百分之四十以上。它多為五聲音階的徵調式結構，旋律進行多在三度、四度中進行，少量有五度，普遍沒有大跳（個別地方除外）。曲式結構大多是二句、三句、四句頭的一段體，基本上沒有二段體，曲調總體顯得優美、抒情、詼諧、生活氣息濃厚。從平原地區平靜的生活、簡單的勞動、節奏的舒緩中產生的這種主題樂句，也是黃梅戲花腔、彩腔、龍腔、曲子戲常用的骨幹音和落句。

譜例 3-1：安慶城區民歌《十二條手巾》

這是一首五聲徵調式民歌，它的中心主題音調樂句是最後一小節。全曲音域九度（低音 SOL-LA）。由二個樂段組成，第一樂段由四小節四個樂句組成，它的音階進行結構是 RE、LA、RE、SOL，第二段由四小節四個樂句組成，音階進行結構為 RE、LA、DO、SOL，兩樂段的第三樂句由 LA 音變化成 DO 音，形成一首結構較規範但稍有變化對比的曲目。

這是 1957 年為安徽省民間音樂舞蹈會演，安慶藝校根據安慶民歌改編創編獲獎的一首曲目，曲調優美動聽、詼諧而富有江南民族舞蹈性。它彙集安慶地區詞曲的個性風格，像長江岸邊一幅小情詩調、典雅優美的畫卷。另有類似的曲目如《遊春》、《藍橋汲水》等，能更集中、完整地展現安慶地域的基礎中心音調。

譜例 3-2：望江民歌《打硪歌》

打石硪

望　　江　魯鵬程
坛俊坡唱　魯敬之　收集

這是望江城區及鄉下各地都可以聽到一首號子，是修路工打硪時喊著鼓勁的聲音。全曲八小節，一句詞曲「一根扁擔」二小節音樂，配上二小節襯詞音樂「嘿喲嘿喲」，加上一句詞曲「二篓子泥土」，再來兩小節襯詞「嘿喲嘿喲」音樂。全曲用四二拍一強一弱的節奏，第一小節第一強拍，全曲音域為九度（低音 SOL-LA）。

勞動場面是第一強拍，四個人把石硪向上甩到最高處，第二拍落下來，第二小節第一強拍，再向上甩一次最高度，第三小節強拍 SOL 音甩出，低於前面的高度，第三小節弱拍石硪落下，第四小節重複第三小節。隨著第五小節和第六節的強拍石硪再向上拋一次，但高處又低於三、四小節，並且音高從高音 DO 降到了低音 LA，表現力氣漸弱。到最後第七小節和第八小節，最後梁小姐旋律出現下行最低音，示意四人把石硪放在地面接觸一次休息一會。

全曲只有 LA、SOL、MI、RE、DO 五個音階，沒有 FA 音和 SI 音，音樂旋律每小節用小二度向下進行，音樂節奏準確形象地表現出打硪的勞動場面。這是聲音配合汗水的勞動節奏歌曲，也是安慶地區民歌共同基本音調的主要代表作品之一。

這首《插田山歌》（譜例 3-3）是望江地域最有代表性的插田山歌，它的主題中心音調是第一小節，全曲採用四分之四節奏，強、弱、次強、弱的節奏表現插秧動作緩慢又有節奏規律。從左手分開一撮秧苗，拿到右手再插入水田中的過程，律動基本為一個小節四拍一次插一次秧。風趣詼諧的是唱詞「哪

「有閒人」四個字，用六個小節三個樂句的道情說唱甩腔旋律，把頂著烈日赤腳站在泥土中央，插秧婦女們幽默諷刺「站在路旁不下田來的人」的心情充分表現出來。

譜例 3-3：望江民歌《插田山歌》

插田山歌

望江 收集者：王之良

曲調旋律進行是五聲 SOL、LA、DO、RE、MI 徵調式風格中，音程都在二度、三度和四度中進行，沒有大跳，所以全曲顯得優美抒情，又幽默詼諧。不僅插了秧還緩解了強勞動的疲勞，這即是人民的勞動之歌。

這種從這一帶小農經濟生活和勞動中產生的歌詞，有著共同的主題中心音調。曲調在徵調式風格中進行、根據歌詞不同形式與內容從音樂節奏節拍、旋律音程、曲式結構等方面加以變化而產生的民歌，現有資料中另有不少。僅望江就有八十多首，如《開小店》、《犁田歌》、《送下宮》、《做鞋》、《鮮花調》、《十二條手巾》、《賣小貨》、《煙花女子十歎》等。

《搖搖搖》、《娃要困覺》（譜例 3-4）都是搖籃曲，主題中心音調是各自譜例的最後一個小節。五聲徵調式民歌與望江《打硪歌》都是中心地帶共同基因的歌曲，這裡的題材僅為表現母親用搖籃哄孩子睡覺的主題。《搖搖搖》有低音 SOL 到高音 DO 的十一度音域，全曲五個樂句，第一、第二個、第三個樂句都是三小節，第四個樂句是五小節，第六個樂句六小節，旋律情緒有疊增的效果。

譜例 3-4：懷寧民歌《搖搖搖》、《娃要困覺》

《娃要困覺》是 RE、LA、DO、SOL 四度下行旋律進行，曲式結構有起、承、轉、合之效，第四小節和第八小節有下行五度（MI-低音 LA）和下行七度（SOL-低音 LA）大跳，有明顯的旋律起伏進行線。以上兩曲都是在徵調式柔和之優點上進行，顯得優美動聽。《娃要困覺》旋律乾淨利落更顯明亮，展現皖西南搖籃曲民歌的特殊風格和貼切的搖籃曲效果。

譜例 3-5：太湖民歌《龍抬頭》

　　這是一首太湖縣地區五聲徵調式民歌，第一第二小節是主題音調，最後落句也在徵調式主題音調。全曲音域在八度內進行，第一、二小節有上行八度跳躍，旋律優美有敘事的情感，是正規主音 SOL 和屬音 RE 旋律交替進行的徵調式民歌。此曲只有四句歌詞「高山頭上哆兒嘞、一棵菊喂哆兒嘞、哆兒嘞哆幾嘞、龍的個龍抬頭喂哆幾嘞」，共二句詞七個字卻有十七個襯字。「哆兒嘞」是太湖的方言，也是他們日常中說話帶的襯詞襯腔口語，從而形成基音相似的太湖味。

　　以上四個區域八首譜例充分顯示，安慶地區民歌的基音產生在安慶城區、望江、懷寧、太湖，雖然各有特色，但它們的基因同屬一個宗族，也是皖西南民歌音樂的根源。

三、旋律共同的四度行腔

　　以徵調式和羽調式為基本結構，旋律以純四度音程的四度行腔進行。多以上行四度（LA-高音 RE）和下行四度（高音 DO-SOL）音列旋律進行，多個樂句用同音反覆，具有三度行腔的優美抒情風格，更展現四度行腔明亮寬廣之風格。音調產生於安慶地區各地共有的語言聲調四度的基礎，是最能代表安慶地區標籤性質的民歌。

譜例 3-6：安慶城區民歌《山歌無本句句真》

　　這是一首安慶市原郊區（今宜秀區）民歌，中心基本音調是最後兩小節。DO、LA、RE、MI、SOL 五聲徵調式結構，是一首安慶中心主題音調產生的山歌。全曲音域只有六度（SOL-高音 MI），沒有小節和節拍上的音程大跳，旋律句法上有明顯的起承轉合手法，因此曲調顯得不僅具有徵調式的柔和也很大氣優美。該曲生長在城區，不同於各縣的山歌，曲調中沒有調式交替等多變

手法，四分之二節奏，也沒有各縣山歌常出現的自由散板。

歌詞是「郎在上風唱一聲、妹在下風側耳聽、妹說哥哥唱的好、可惜風大聽不清、還請哥哥唱二聲」共五句，正規四句加一句重複句，是黃梅戲唱詞七句、十四句等重複句的原始標準結構。歌詞沒有過多的襯腔襯詞，是安慶中心主題音調城區產生的一種典型代表，也是眾多黃梅戲花腔、彩腔唱段起句和落句的原始歌詞和曲調。

譜例 3-7：望江民歌《老人經》

這是一首徵調式民歌，但只有 RE、SOL、LA、DO 四個音列，這也是安慶基本中心音調常見形式。旋律音程進行始終在主音 SOL 的屬音 RE 和上主音 LA 按純四度、五度向下進行，望江本地平常方言說話，也是向下的四、五度自然音程關係。

這首歌就像本地人在說唱：「人到老來真不好，頭髮白掉了哎，阿彌陀佛」，發自內心很有特色，是本地音樂的一個標籤。類似曲目還有《望郎》、《劃旱龍船》、《拜觀音》、《拐棍經》等。

譜例 3-8：望江民歌《趕雞》

這是一首四聲 SOL、LA、DO、RE 宮、羽調式交替的民歌，旋律音程行進始終在 LA 與高音 RE 上行四度之間進行。它不同於上一首《老人經》，第一個樂句五小節，前四小節都在宮調式的 SOL、DO、RE 音上四度進行，最後一個小節落音在羽調式主題 LA 上，第二樂段六小節全在 LA 與高音 RE 上行四度關係進行，到了十五、十六小節進入主音 DO，十七、十八小節也是用音程四度關係，突然轉入羽調式的主音 LA。

這首用四度關係進行並在調式調性上發生改變的曲調，比上一首《老人經》更有旋律起伏變化，具有望江民歌的本地風格色彩，也是安慶地區特色民歌的代表。類似曲目還有《開門調》、《尼姑腔》等。

譜例 3-9：懷寧民歌《慢趕牛》

慢赶牛

怀宁 张友俊等 记谱

這是一首 DO、LA、RE、MI、SOL 五聲徵調式民歌，四度音程（LA-高音 RE）上行和（高音 RE-LA）下行進行關係，始終貫穿於全曲。如第四小節和第六節是高音 RE-LA 下行，第七小節時 LA-高音 RE 上行，第十小節是高音 RE-LA 下行進行，加上一個小節混合四度進行，落音在主音 SOL 上。這首旋律用了一拍三十二分音符和四度音程銜接進行，四分之三和四分之二節奏歡快抒情相交替，旋律動靜兼備張弛有度。

《單身歌》（譜例 3-10）是太湖大山公社大畈大隊的一首民歌，它描敘的是「正月單身去拜年、雙腳跪在姐面前，十指尖尖牽郎起，姐妹相交拜什麼年，只要人好水也甜」的男女情愛的生活生動場面。全曲是五聲 SOL、LA、RE、MI、DO 徵調式曲目，主題音調旋律以四度行腔進行。

譜例 3-10：太湖民歌《單身歌》

单身歌

太湖大山公社大畈
大队枣秋菊　口述
陈培春　记谱

　　第一樂句為四度上行行腔，第二樂句是為模進四度下行行腔，二句上下四度行腔是採用慢板四分之一節奏來完成的，使全曲顯得不僅有層次的優美感，而且帶有敘事幽默的輕快舞蹈節奏，把男女拜年的場面表現得既歡快又含蓄。

　　以上四個區域的四首曲目顯示了四個區域的民歌結構都擁有同一技法——四度行腔，它們在各自土壤裏生長，從而形成了基音相同但風格各異的民歌音樂。

四、調式交替曲調

　　調式交替的民歌曲目，在安慶民歌中佔據重要位置，它遍及城區及二市五縣的鄉村。這一帶人民在長期的生活勞動中，為了豐富情感生活，將兩種不同調式在民歌中對比變化，使曲調更有深層內涵。

　　《繡花舞曲》（譜例 3-11）是一首五聲 LA、MI、RE、DO、SOL 徵羽調式交替的曲目，它在古老民歌和現代民歌體創作歌曲中，稱得上是調式交替作曲法手段使用得當，較為完整的民族音樂作品之一。曲式結構為兩段體的歌曲，即 A＋B，在原始民歌裏很少見，具有二十世紀五十年代的作曲創作風格。

　　A 段曲目十二小節，第一句歌詞「春季裏來百花香」兩小節曲譜落在羽調式的主題 LA 上，第二句歌詞「千山萬水換新裝」四小節音樂也落在後羽調式主音 LA 上，但在第五小節出現了 SI 音，使情緒開始向徵調式屬音上轉換，開始有點新意，第三句歌詞第三樂句「喜鵲枝頭喳喳叫啊」落在羽調的屬音 MI 上，曲調情緒開始轉換，到了第四句歌詞「江淮兩岸好風光」第四個樂句四小節落音在徵調式的主調 SOL 上，到此 A 段結束，整個樂曲成了半終止狀態，好像一場戲的中場休息，前場有回味，更期待下回有分解。

譜例 3-11：安慶城區民歌《繡花舞曲》

绣花舞曲

安庆艺术学校词曲

1.春季里来百花香，山只支稼松一
2.夏季里来荷花香，千绣绣绣绣绣再
3.秋季里来桂梅黄，万船稻松一
4.冬季里来腊心畅，
5.绣过四季欢

啊啊呀啊啊，啊咕啊呀咕只咕 换采风中凤 新莲风 装忙摆央凰 啊呀啊啊啊。

喜鹊张粒松一 头叶子寒鸟 叫伞米健唱 淮只莲稻人 好装十松出 凤满里柏太 光仓外强阳 好装十松出 凤满里松太 光仓外强阳。
枝荷谷越百 喧象赛越欢 江十凤如二 两岸花香比方 呀呀呀呀呀 么么么么出 好装十松出 风满里柏太 光仓外强阳 啊啊啊啊啊啊啊 啊啊啊啊啊。

好装十比出 风满里松太 光仓外强阳 啊啊啊啊啊 好装十比出 风满里松太 光仓外强阳 立来滚气下 林采滚志之 烟莲稻个天 囿子香个普 袖盟童下共 寿力抱虎护 无量满山产 疆强怀岗党 啊啊啊啊啊.

诗送桑坚放 满工金如红 墙厂海钢光 啊啊啊啊啊，绣花慰要妹万民 献问问穗好欢乐 给人儿比庆 毛老有穆和 主大多桂平 席哥大英 哪哪哪哪哪 祝工一哥人 福农个如人 领联儿猛拥 袖盟童下护 寿力抱虎共 无量满山产 疆强怀岗党 啊啊啊啊啊.

B 段樂曲十小節，第五、六句歌詞「好風光呀好風光、煙囪林立詩滿牆」第五、六樂句的旋律，都在羽、徵調式主音 LA、SOL 和屬音 MI、RE 上進行，非常有色彩，第七、八樂句的二句歌詞「繡花獻給毛主席，祝福領袖壽無疆」兩個樂句六小節曲目，也都在羽徵調式的主音 LA、下屬音 RE 音上輪迴進行，最後落在羽調式主音 LA 上，有完全終止結束的感覺。

旋律始終在羽徵調性主、屬音上進行，A 段半終止落在徵的主音，基本上屬徵調式，B 段全終止落在羽調式主音上屬羽調式。該曲是徵羽交替進行，是調式交替進行得最嚴密完整的典型曲目。這首繡花舞曲達到優美動聽、抒情動感的綜合效果，是皖西南乃至安徽省比較有特色的民歌之一。

另有宮羽交替的曲目《打硪號子》、羽徵交替的曲目《山歌無本句句真》等。類似這種調式交替的民歌，在城區的中心地帶較為多見，這也是黃梅戲花腔、彩腔、主調唱段常見的曲調進行手法。

譜例 3-12：懷寧民歌《嗷佛》

嗷佛

這是一首四音列 SOL、LA、DO、MI 羽徵調式交替的佛教歌曲。人們以平靜的心聲，求佛保佑治水龍王太子包文丞相，它以自由散板的音樂節奏形式，表述人們嚮往期待的情緒。全曲旋律進行始終都是羽徵音節上進行，呈現出 SOL 音的詼諧和 LA 音的明亮，音調和情緒始終在這明暗兩種色調中進行，體現了佛教音樂的朦朧虛無之意。

《賣雜貨》（譜例 3-13）是一首四聲 DO、LA、RE、SOL 羽徵調式交替的曲。起句唱詞「叫我唱戲就唱戲」的樂句，落句在徵 SOL 調屬音 RE 上，第二句「唱個猴子」的樂句是轉為羽調，「玩把戲」落句 LA 音，第四句唱詞「嗷姐來追貓」為徵 SOL 調，第五句唱詞「乾哥前面走哎」的樂句是羽調 LA，第六句唱詞「嗷姐來趕狗」的樂句是徵調 SOL，第七句唱詞「早發善心乾妹子後」的樂句為羽調 LA，第八句唱詞「心合意也合」的樂句為徵調。

譜例 3-13：望江民歌《賣雜貨》

八句歌詞八個樂句，單數句都是羽 LA，雙數句都是徵 SOL 調。這種使用調式交替手法的歌曲，使全曲的旋律明暗色彩對比強烈，好似兩個男女對唱，歌詞的表述簡易便於傳唱。在望江民歌裏調式交替的曲目還有：《山歌對唱》（徵羽交替）、《送郎一條抹汗巾》（羽徵交替）、《不知英臺是裙衩》（徵羽交替）、《賣雜貨》（羽徵交替）、《開經竭》（羽徵交替）、《嗷佛》（徵羽交替）、《春季裏》（宮羽交替）、《十月懷胎》（羽徵交替）、《十二枝花》（羽商交替）、《趕雞》（羽宮交替）等。

以上曲目顯示，調式交替的民歌不僅能使音樂對比明顯、旋律感強，也是黃梅戲部分唱腔發展的特殊技法。

五、宮、羽、商調式風格

安慶民歌中心地帶基本音調雖以徵調式和徵調式的四度行腔、調式交替音調為主要成份，但仍存在不少宮調式、少量的羽調式和商調式曲目。其中部分是在本地方言基礎上產生而又發生變化的調式，少量民歌受吳頭楚尾的影響發展演變成宮調式。

總體來說，安慶民歌中心地帶（安慶城區、懷寧、望江、太湖）的基本音調，受外來因素影響的民歌並不多，這也與該地域交通不發達、地理環境以小平原、小沙丘為主，人口流動少、小農和手工經濟為主要生活來源等因素有關。因此由生活環境決定產生的民歌文化，多以簡單平穩、優美詼諧為主，部分宮、羽、商調民歌作品也具有如此的共性。類似有共性的宮調式民歌，在安慶民歌中心地帶就有三十多首。

1. 宮調式民歌

譜例 3-14：望江民歌《繡麒麟》

這是一首五聲 DOL、SOL、LA、RE、MI 宮調式民歌，第一句歌詞「姐在房裏繡麒麟」八小節樂句，是在宮調屬音上進行的樂句，基本上一字一個小節音樂，情緒優美展開。到了第二、三句唱詞樂句，是一字一音似小快板節奏六小節，與第一樂句形成了明顯對比，最後落句將情緒展開後又回到了第一句，落主音結束。類似這種結構結尾的民歌還有，《想郎》、《小鯉魚》、《猴子調》、《什麼團團掛耳邊》等十幾首。

譜例 3-15：望江民歌《什麼團團掛耳邊》

這是一首五聲 DO、RE、LA、SOL、MI 宮調式民歌，全曲只有六度音域，採用一強一弱四分之二的節拍，旋律音程都在三度和四度內進行，是安慶地區三度行腔和四度行腔的典型代表作，全曲調式調性非常簡單，沒有旋律上的起承轉合。

第一句歌詞和樂句二小節「小伢來對歌來」落音在宮 DO 調的屬音 SOL 上，第二句歌詞的樂句四小節「什麼團團團在天」落音，也在宮 DO 調的屬音 SOL 上，第三句歌詞的樂句「什麼團團在水面」落音，又在宮 DO 調的屬音

SOL 上，最後一句歌詞的樂句二小節「小伢對歌來」落音，在宮調的主音 DO，四句詞曲結構對稱完整，使全曲簡單上口、易於流傳。

　　這是安慶地區中心地帶的代表作品，在全省全國的山歌、牛歌中獨樹一幟，類似結構的還有《打硪號子》等十幾首。

譜例 3-16：懷寧民歌《么東西出山篩子大》

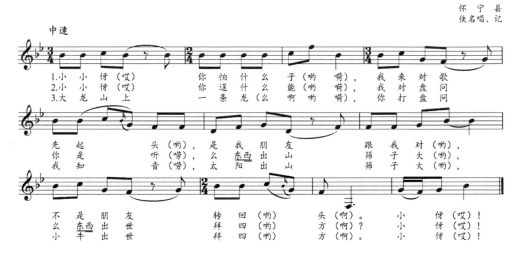

　　歌詞「伢」在當地方言中讀「啊」音。這也是一首五聲 DO、RE、SOL、MI、LA 宮調式民歌，它和望江民歌《什麼團團掛耳邊》都屬於牛歌山歌系列，同屬安慶中心地區宮調式基本音調。旋律進行都採用了三度行腔和四度行腔，是一段體四句頭體裁，這首歌詞形象化地描述了「小呀對歌」場面，顯出了幽默和風趣的色彩。一方說「小小伢哎，你怕什麼子喲」，另一方說「我來對歌先抬頭，是我朋友跟我對，不是我朋友轉回頭，么東西山篩子大，么東西出世拜四方」。

　　這首對歌方式和內容略帶有戲曲情緒成份，曲調結構稍為複雜一點，它採用了四分之三和四分之二交替進行的節奏，使問答音樂形式，表現得更準確。一、四、六、八小節的弱拍休止、曲調張馳起伏、很有個性。第二小節出現了更高音 SOL，使全曲音域進行有十度（MI-高音 SOL）跨越。旋律進行起伏跌宕，充分表現小伢對歌的激昂情緒，最後落句在有色彩的主題樂句，是安慶中心地帶基礎音調在懷寧演變的例證。

譜例 3-17：安慶城區民歌《什麼花開一汪白》

什么花开一汪白

這是一首四音列 LA、SOL、DO、FA 宮調式民歌，屬於安慶中心地帶牛歌或山歌基本音調在城區的演變。一段體四句頭民歌，詞曲直接採用一問一答形式。一方問「什麼花開一汪白，什麼花開心裏黑，什麼花開一路黃，什麼身上長了瘡」；一方答「葫蘆花開一汪白，蠶豆花開心裏黑，絲瓜花開一路黃，黃瓜身上長了瘡」。旋律音程進行基本上以三度行腔為主，全曲音域只有五度（FA-高音 DO）。如果類似這種旋律音程三度進行和全曲只有五度音域的曲目，它的音調就會顯得平淡簡單幾乎沒有旋律起伏，可唱性也略弱。

　　當這首安慶中心地帶基本音調融入城區之後，卻採用了三種特別的技巧：一是旋律進行中，採用八分之四、八分之五、八分之六三種節奏型，三個不同的節奏型豐富多變交替運用，用以加強旋律變化，豐富曲調的色彩性，改善簡單平淡的效果。二是第五小節使用清角 FA 音，使曲調中間增添閃亮的色彩。第三是最後落句「小伢」，落在有色彩和穩定的終止樂句之上。最有代表性的是，最後一小節最後一拍落在宮調式主音 SOL 的下方二度羽 LA 上（與落主音上方二度有同樣效能），顯示出開放性的不完全終止，使全曲還有一種再延伸、再發展的效果。這也是黃梅戲多段男女平詞唱腔旋律發展常用的技法，類似曲目還有《打硪號子》等。

2. 羽調式民歌

　　羽調式民歌在安慶中心地帶民歌當中為數並不太多，僅有十首左右，大多為望江民歌。《開門調》（譜例 3-18）這一首是五聲 RE、DO、LA、MI、SOL 羽調式民歌，全曲結構一段體四句唱詞，二十四小節樂句。第一句歌詞「小女子住在十字街」六小節樂句，第二句歌詞「心想茶館開」四小節樂句，第三句歌詞「又無好招牌」四小節樂句，第四句唱詞「我的冤家郎」六小節東句，第

五句歌詞「將奴家當招牌」六小節樂句，全曲唱字三十二個，襯腔襯字達到四十個，每個唱字都帶一個襯詞襯字，形成此曲的特色與風格。旋律音程進行是安慶中心地帶基本音調四度行腔，又別具一格在羽調式內進行四度行腔。此為望江語言的調門音程距離，以上行（LA-高音 RE）和下行（高音 RE-LA）進行為主，區別與這個地域諸多的徵調式四聲行腔，因此該曲既有小調的優美抒情，又有四度行腔音程結構的明亮風格。

譜例 3-18：望江民歌《開門調》

3. 商調式民歌

《數水號子》（譜例 3-19）是一首表現農村用腳踏風車來車水灌概水田的鼓勁歌曲。舊時農村的古法腳踏水車上，有一至五人手扶長橫把杆，一人踏兩個腳踏。根據車水流大小，車水人可從一人增加到五人，五人就有十雙腿腳踩踏板，需要同一個方向同時用勁，速度可快可慢，踩得越快水流量就越大，為了踩更多的水灌既更多的水田，人們要長時間地作業，勞動中就產生出了這種發自內心有節奏的本地語言音樂號子，以此齊心合力地消除疲勞、加油鼓勁。

譜例 3-19：懷寧民歌《數水號子》

数水号子
（车水号子）

怀宁县
陈昌言、徐转凤唱
张友俊记谱

歌詞用一、三、五、七、九和二、四、六、八、十，表現腳的數量和踏水輪迴的數量，即「上來一個一來一雙、又來一個二水二雙」，如此增加一個人多踩踏一個來回，可以自由翻唱。這是一首四音列 MI、DO、LA、RE 商調式民歌，採用四分之二強弱有規律的節奏型，充分表現了踩水人的心裏和腳踏節奏，旋律音程進行是安慶中心地帶的基本音調進行手法四度行腔，使音調明亮有力。每一個樂段都由兩個調式 LA 和 RE 的樂句組成，最後落音在商調式主音 RE，使曲調不斷進行對比，大大增強車水號子的勞動氣氛和地方色彩。

譜例 3-20：望江民歌《繡兜頭》

绣兜头

（望江）鲁鹏程 收集

這是一首五聲 MI、LA、SOL、DO、RE 商調式民歌，第一樂句四小節兩句唱詞「奴家繡兜頭，奴家繡兜頭」，始終在主音 RE 的屬音 LA 和下屬音 SOL 上進行。第一、二樂句落音都在下屬音 SOL 上，顯得起句的跳躍和不穩定。第三、四樂句歌詞「繡一條黃龍游」，是屬音和下屬音過渡到主音 RE 上至第一樂段結束。第五、六樂句主音 RE 接頭，由一小節兩拍的屬音 LA 進行過渡到主音 RE 上。第二樂段較為穩定地結束，是一首中規中矩的商調式民歌。

除此以外還有，懷寧民歌《八仙慶壽》、望江民歌《新年》、《繡紅鞋》、《油菜花開》、《推車燈》、《十二枝花》、《打夯號子十八》等，這些都從各種不同的詞曲角度，呈現出各種不同的商調式風格。

商調式民歌在安慶地區中心基本音調中佔有重要的地位，僅次於徵調式。更重要的是，它是黃梅戲花腔小戲，如《點大麥》、《五月龍船調》、〔陰司腔〕、平詞唱腔等很多板腔體的源流音樂。

綜上所述，基音中心地帶的民歌，更多的是承載安慶民歌根源的使命，同時它們也具有獨特的個性。

第二節　岳西民歌

岳西，地處安慶城區的西北角，大別山麓的西南站，佔據大別山區三分之二的面積。大別山人因山高路遠，有挑貨登山、隔山喊話、遙相對歌等生活習慣。從山這邊喊唱，山那邊要聽得清，因此生活中演唱的民歌大都高亢有力、結實明亮、變化豐富，聲音寬廣宏亮、高亢有力，如此才能達到高山人與人之間的交流。由於長期生活習慣和特定山區的環境，語言中豐富多彩的高低調門不斷出現進行的習慣，也產生與安慶其他區域不同的帶有高調門特色的民歌。

經過岳西數代民間藝人的傳承和發展，同時隨著青陽腔的界入，岳西高腔遂形成（學界稱為青陽腔餘脈）。岳西民歌不撫育了岳西高腔，也反過來吸收高腔的營養，使岳西民歌在安慶民歌中獨佔鰲頭。在全國首屆長江歌會中，馮光鈺層讚賞岳西民歌是深藏的民間音樂寶庫。

岳西民歌音樂的主要特徵為，每首民歌的曲調和唱詞進行完整，音階、調式、旋律、節奏節拍、曲式結構具有安慶地區音樂中心地帶（城區、望江、太湖、懷寧）的基本音調，其風格也影響到安慶地區周邊的縣市。岳西民歌亦是安慶地區民歌中，最豐富多彩和深具內涵個性的優秀花瓣。

一、音階

岳西民歌大部分為五聲音階曲目，也有為數不少的六聲音階以及十幾首的七聲音階曲目。在近二百多首民歌中，五聲、六聲、七聲音階的民歌曲目占岳西民歌的百分之八十以上，另有為數不多的四音列和三音列的曲目。岳西民歌的基本曲調並不顯單調，且豐富多彩。

譜例 3-21：岳西民歌《十杯酒》（五聲音階）

這是岳西縣柳板公社舊時流傳下來的一首民歌，是群眾借李鴻章之事對清廷崇洋媚外的諷刺寫實。全曲旋律出現 DO、LA、SOL、MI、RE 五個音，是一首安慶風格徵調式歌曲。全曲為四句的起承轉合 RE、SOL、LA、SOL，有十度音域低音（低音 SOL-高音 DO）和七度大跳（低音 LA-SOL）。弱拍起句的結構頗有技法，旋律優美帶敘事說唱風格，音程大跳使曲調起伏、不顯單調。徵調式風格為安慶民歌的基調，但安慶本地方言之外的又有岳西方言的加入，因此更具有岳西本地風格。這樣五聲音階結構的曲目在岳西民歌約有一百多首，是岳西地區和安慶城區、懷寧、望江、太湖地帶基音結合發展後的岳西特色曲目。

《道花名》（譜例 3-22）是一個由 SOL、LA、DO、RE、MI 五個音階組成的民歌，羽徵交替進行，全曲共計十六個小節。四個樂句二個樂段，每個樂段八小節二句歌詞，每句歌詞結構為 7＋4。第三、四樂句為重複第一、二樂句音程進程稍作變化，每句旋律進行屬於三度行腔，沒有大跳。

《送哥當紅軍》（譜例 3-23）是一首 RE、DO、MI、SOL、LA、SI 六聲徵調式民歌，由岳西縣河圖鎮余發明演唱。歌詞是流傳的「妹送郎」常用詞語，曲調是岳西高腔和安慶風格的結合體。全曲四個樂句，第一個樂句五小節，第二個樂句四小節，第三個樂句三小節，第四個樂句四小節，略不規範平穩但有

起伏。降 B 音高定調高音到 F，全曲音域從 MI-高音 SOL 達十度，在中高音區進行，曲調風格高昂。

譜例 3-22：岳西民歌《道花名》（五聲音階）

譜例 3-23：岳西民歌《送哥當紅軍》（六聲音階）

　　全曲出現下行的六度大跳（高音 SOL-SI）和七度大跳（高音 RE-MI），凸顯發自內心的離別難捨之情。此為安慶徵調式民歌風格加上岳西高腔的六、七度大跳和 SI 音，構成岳西風格的徵調式民歌，抒情加有激動。不常見的 SI 音的出現，是岳西民歌在安慶乃至整個安徽民歌中表現出的特色。

　　《大拜年》（譜例 3-24）此曲由 RE、MI、LA、DO、SOL、SI 六個音進行組成，描述姐想郎的單相思獨白之情。全曲四十四小節，是安慶主題徵調式音樂，襯腔襯詞與唱詞交替前後進行，旋律起伏進行有十度，具有戲曲說唱的敘事效果。該曲發展了安慶主題音樂的結構，使簡單民歌具備戲曲因素，是黃梅戲花腔徵調式作品的根源之一。

譜例 3-24：岳西民歌《大拜年》（六聲音階）

除此之外，六聲音階的民歌還有《十勸大姐》（SOL、MI、RE、DO、LA、SI）、《鬧花燈》（RE、MI、DO、LA、SOL、FA）、《等五更》、《南風悠悠》、《山伯訪友調》、《蓮花落》、《姐家門前一棵桑》、《探茶》等。

《嗷佛》（譜例 3-25）是皖西南地區少見的 SOL、LA、SI、DO、RE、MI、FA 七個音組成的徵調式民歌，雖然 FA 和 SI 音出現在裝飾音前後，卻把旋律連接出不一樣的安慶徵調式風格。它具有七聲音階的全備特點，又有徵調式的柔美特色，是岳西乃至安慶地區不多見的七聲音階民歌。

《慢趕羊》（譜例 3-26）是一首 DO、LA、RE、SOL 四個音列進行曲目，它是典型安慶地區徵調式主題音樂，音程進行也只上行五度（SOL-高音 RE）沒有大跳，旋律簡單屬於四度行腔。音程進行為下行四度（高音 RE-LA）和上行四度（LA-高音 RE）形式，曲調優美明亮。四音列和三音列的曲目在岳西民歌中為數並不多，二音列幾乎沒有。

譜例 3-25：岳西民歌《嗷佛》（七聲音階）

譜例 3-26：岳西民歌《慢趕羊》（四音列）

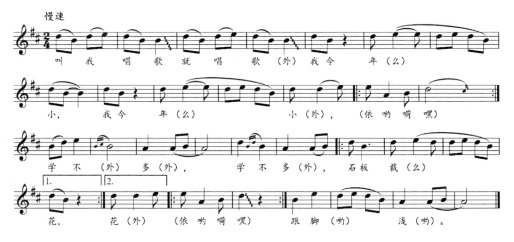

二、節奏節拍

　　岳西民歌節奏節拍變化多樣，常見的多為自由節奏的散板。四分之二單拍子、四分之四混合拍也是大多數岳西民歌的主要節奏形式，同時還有四分之三拍，較多的是四分之二與四分之三的混合進行。還有四分之一、四分之二、四分之三、四分之四等四種節拍交替進行構成的歌曲。岳西民歌節奏豐富、變化多端，使岳西民歌總體結構的歌曲並不單調，也促使旋律發展為有變化的有序進行。下面以岳西民歌特有的幾種節奏形式進行譜例分析說明。

譜例 3-27：岳西民歌《竹子擔橋節節空》（散板）

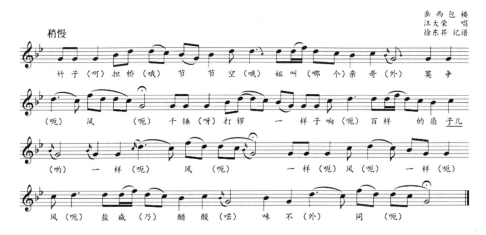

這是一首全曲自由散板節奏的羽調式民歌，降 B 的高調門定調，音域在旋律高音五度區進行。自由的節奏、高調門音域是岳西高腔山歌常見的山歌形式特點，表現山區人民豪邁高亢的性格。全曲八句歌詞，用竹子、錘子、扇子、鹹鹽四種常見生活實物，比喻出四種現象的哲理性道理，用優美的山歌唱出；「竹子擔橋節節空、千錘打鑼一樣響、百樣扇子一樣風、鹽鹹醋酨味不同」，用「山裏竹子橋空對空」的民間俗語告誡人們莫爭風、要虛心、要紮實、莫炫耀的低調精神。類似這種全曲用自散板的曲目還有《山歌單打姐的心》、《南風悠悠》、《兩眼汪汪對小郎》《不好說是望郎來》等數十首。

譜例 3-28：岳西民歌《兩眼汪汪對小郎》（散板）

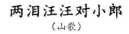

　　歌詞「馱」的意思是「挨」。這是一首六聲音階的散板節奏曲目，典型的徵羽交替調性，落句在羽調的屬音 MI 上，亦是本地方言落音的記錄特點。

　　譜例 3-29：岳西民歌《姐家門前一棵桑》（散板＋$\frac{1}{4}$）

姐家門前一棵桑

　　《姐家門前一棵桑》是一首結構完美的二段體徵調式民歌，開始的「姐家門前一棵桑、來來往往好乘涼、姐向親哥做麼事、旁人說話不敢當、看牛爾兒有主張」。前五句是安慶地區共性主題音調，用自由散板節奏問及人們，姐家門前一棵桑乾什麼用自有主張。第二樂段轉入四分之一節奏，進行幽默敘述性的回答「叫木匠砍倒桑、折成板作大香、燒上天見至帝、燒下地見閻王」。

　　點題是為桑樹鳴不平，樹砍了人們沒有地方乘涼，阿彌陀佛桑樹是冤枉。散板曲調高亢明亮，進入節奏的曲調幽然風趣，全曲呈現一種強烈的帶入感，啟發教育讓人記住前人栽樹後人乘涼的道理，若有人砍樹，樹冤枉人也遭殃。類似這樣開始的引子自由轉入節奏的兩段體曲目，還有《四季送郎》等數十首。

譜例 3-30：岳西民歌《採茶調》

四分之三拍的民歌並不常見，節奏簡單的農耕生活多以四分之二為主要節拍表達情緒。在岳西民歌出現這首羽調式民歌，為表現茶農的渴望之意，即「有了菜園可當官」的愉悅心情。全曲只有二句歌詞，四小節樂句。第二樂句為重複句，反映心裏喜悅的節奏。類似的曲目還有《正月採茶是新年》等，同時二拍子和三拍子節奏交替進行在岳西民歌中占比不少。

譜例 3-31：岳西民歌《十把扇子》（$\frac{2}{4} + \frac{3}{4}$）

該曲因節奏改變致使全曲旋律有所變化，這也是岳西民歌的節奏特點。

譜例3-32：岳西民歌《鬧花燈》（$\frac{2}{4}+\frac{3}{4}+\frac{4}{4}+\frac{1}{4}$）

闹花灯

岳西古坊
刘和声 唱
徐东升 记谱

該曲為四種節奏綜合交替進行，別具一格。旋律進行第一樂段為四分之二拍，第二樂段為四分之一拍，結尾節奏又回到四分之二拍，節奏結構為 A＋B＋A 形式。規範的節奏形式，曲調完整，七十八小節的大型結構乾淨利落。四分之三拍與四分之四拍節奏用在中間過門的鑼鼓點上，這兩個節奏從中間出現，改變了全曲的情緒處理，增強了曲調對比性。全曲節奏進行是 A＋B＋C＋B＋A（即 $\frac{2}{4}+\frac{3}{4}+\frac{4}{4}+\frac{2}{4}$），這是岳西民歌特有的組合節奏型，該曲是當地節奏最多、融合最好的一首民歌。

三、定調

定調高、音區寬，使旋律都在高中聲區進行，達到的演唱效果高亢明亮，又不失優美好聽，這是岳西民歌特有的山區旋律進行特色。

譜例 3-33：岳西民歌《對面山上石板岩》

对面山上石板岩

這是一首愛情民歌，「對面山上石板岩，石板岩上把花栽，風不吹來花不動，雨不灑來花不開」，定調為降 B，從中音 SOL 到高音 SOL，全曲八度都在高中音區進行，是演唱出高音特色的良好聲區。男聲用高調門嗓音唱出，用全身心力量，告知山那邊的阿哥們「哥喂，女不風流男不來」，整個曲調情緒簡單明亮暢快淋漓。正是這種定調高、旋律音區都在中高音上的反覆進行，達到山里人隔山喊話和對歌的生活效果，從而構成了岳西民歌高亢有力的明亮特色，這是岳西山歌最突出的音樂色彩。

《繡手巾》（譜例 3-34）是一首表現女生在房中繡手巾和一群姑娘們到房中來看手巾的民歌，按南方未婚女性的習俗，旋律與唱法應是音不高、音域偏窄以及甜嗲的效果。但岳西這首女生繡手巾歌曲，定調為降 B，最高音 SOL 出現了四次，最低音是中音 SOL，音域僅有八度，優美的旋律唱出了高音區和高調門的效果，這是岳西民歌高亮的特色。

譜例 3-34：岳西民歌《繡手巾》

四、三度行腔

　　旋律多用小三度跳躍進行，並用同音反覆、級進等形式組合的岳西民歌也有一定的數量。這種以小三度跳躍進行的曲目，音域不寬，旋律婉轉柔和，具有較強的抒情性，只要用人聲自然聲區像說話一樣演唱即可，這也是安慶地區各縣民歌普遍共有的一種基礎特色。柔和親切是岳西民歌的另一基本特色，但並不是岳西民歌的主體風格，它與自由散板、定調高、音域高的曲目形成了巨大的反差。如《十二條手巾》、《十二月飄》、《補背褡》、《道花名》、《妹想郎》、《正月採茶是新年》、《今年想妹正當年》等。下面舉例兩個不同調式的三度行腔形成的二種不同音樂形象的民歌。

譜例 3-35：岳西民歌《瞧姐》

　　這是一首生活氣息濃厚的民歌，描述農村一對情人大年初一拜年喜慶的愛情歌曲。「三月（啦）瞧姐（啦）是（啊）新年（哪）」，哥哥請姐姐拜年，又包果子又給香煙，姐姐不好意思又高興又推辭的心情。全曲共有二十二小節，第一樂句四小節，第二樂句五小節，第三樂句六小節，第四樂句七小節，用襯詞疊增音樂（四、五、六、七）小節，同時使用主題多次同音反覆等手法，使音樂形象更加符合男女此時安心等待，又急不可耐想見面的心情。

　　旋律進行採用安慶地區常見三度行腔手法，音程上下旋律大部分在上下三度中進行。二十二小節中除第五小節和十九小節有五度跳躍外，二十小節的旋律音程進行都在上下三度之內，使整個曲目的曲調顯得內秀抒情、柔和簡單，卻不單調平淡，恰似小橋流水，清澈而雅致。尤其是中間的襯詞「啦、啊、哪、嘎、哎嗨喲喂」，使全曲音樂既有安慶地區的典型特色，也兼備農村女子特色的音樂形象，這是比較有特色的皖西南民歌代表作。

譜例 3-36：岳西民歌《癲痢歌》

　　歌詞「齊正」的意思是「漂亮」。這是一首六聲清宮調式民歌，它不同於羽調式的《瞧姐》，缺少了音樂上的抒情優美。全曲十七小節，全部為小三度上下進行，中間沒有大跳，曲調略顯傷感，符合女子當時的心情。全曲出現多處的下滑音和上滑音，以及多處出現前倚音，準確表述女子既悲傷無奈且滑稽可笑的心態。

五、五聲調式

　　安慶民歌調式單調，以徵、羽調式為主，調性不穩定居多。岳西是安徽省民歌中調式最齊全、調性最豐富多彩的地區。它有豐富多彩的發展變化安慶地區主題基音的徵調式民歌，也有板腔體結構敘事性強的商調式民歌，既有北方

簡單的宮調式民歌，更有南方優美抒情兼備有岳西風格的羽調式民歌，還有偏遠地區不多見的角調式民歌，而 FA 和 SI 音也在各調中常見。岳西蘊藏豐厚的音樂文化，岳西民歌是中國民歌中值得深入探討研究的文化瑰寶。

1. 宮調式民歌

宮調式民歌在岳西民歌裏佔有一定比例，但並非岳西民歌的主要調式結構。曲目中有與其他調式交替的進行，形成了各種不同風格的宮調式。

譜例 3-37：岳西民歌《今年想妹正當年》

今年想妹正当年

（岳西）徐东升记谱

這是一首只有主音 DO 和屬音 SOL 構成的宮調式民歌，全曲只有七小節，每段只有二句唱詞。「十指尖尖搭在妹的肩、去年想妹正當年」，二句唱詞，四小節旋律，中間穿插三小節襯詞「小郎子喲呵、甚子噥哎喲、我的乾哥」。前面唱詞襯詞四小節全部落在屬音上，後面三小節唱詞和襯詞全落在主音上。全曲由五個音階組成，調性明朗、簡潔大方、朗朗上口、通俗易唱，旋律是安慶地區典型的三度行腔，表現出宮調式的結構特色。

譜例 3-38：岳西民歌《竹馬調》

竹马调

岳 西 词 图
金 发明　唱
徐东昇 记谱

這首是與《今年想妹正當年》風格不同的宮調式民歌，歌詞與旋律結構是三句詞四個樂句。前二個半樂句和二句半歌詞都落在宮主音 DO 音的上主音 RE，曲調優美動聽，表現大小姐優雅美麗的畫面。音樂形象準確，最後半句歌詞三小節音樂，落在終止宮音 DO，情緒落在「誰也誰不愛」的肯定語氣中。同是宮調式民歌，但主、屬、下屬及旋律和歌詞要求不一樣的宮調式民歌還有如《等五更》、《補褙褡》、《青陽扇》、《鬧新房》、《十把扇子》等。

譜例 3-39：岳西民歌《補褙褡》

2. 商調式民歌

　　商調式最能代表岳西民歌的結構，是安慶地區少見的調式，但在岳西民歌中較多。入油印本的六十多首中，有十幾首商調式不同結構風格的民歌。如有旋律簡單、朗朗上口的《識字花》，有安慶主題音樂與岳西高腔風格結合的《葉落金錢》，有安慶地區不多出現 SI 音的商調民歌《蓮花落 1》、《蓮花落 2》，有歌唱性非常完整的《四季送郎》、《四季調》等。

　　《四季調》（譜例 3-40）是一首山區人民運用吉祥的福祿壽，在春夏秋冬四個季節裏的祝福詞。岳西民歌演唱的特色是文字與襯腔襯詞交替進行，帶有道情說唱的佛音風格。從音樂結構來看，這首是安慶地區主題基音與岳西高腔商調式結合體的曲目，主題樂句反覆出現，中間樂句稍有變化，音區向低音 MI 走去並落在 SOL 與 DO 上，使旋律顯得更加走心，最後又回到開始樂句，反覆祝福四季平安永遠福祿壽。

譜例 3-40：岳西民歌《四季調》

四季调

譜例 3-41：岳西民歌《四季送郎》

四季送郎

　　這是一首最能代表岳西民歌特色的曲目。首先是岳西高腔民歌的核心商調式，音階結構為 RE、MI、SOL、LA、DO、RE。樂句結構始終在主音 RE、屬音 LA 和導音 DO 中進行，是標準有特色的岳西商調式結構，與西北風的商調式民歌相比，該曲不僅高亢明亮，更有南方內秀抒情的個性。它的結構完整、技法高超，是一首具有特色個性的優秀歌曲。該曲的曲式結構是標準的二段體，第一樂段為散板和引子，第二樂段進入了四分之二和四分之三的節奏交替。由二個樂句組成的反覆樂段，歌詞中間加入襯字使樂句延展增強了抒情性。

　　雖然是五聲音階的進行，但旋法乾淨利落，旋律行進使用 RE 到高音 SOL 的十一度大跳。記譜定調為 C，是標準的男高音音域，最開始就將歌曲的情緒拉開推向高潮，這是表現山區人的高亢豪邁之情。接下來的 B 段，用緩慢抒情的四分之二與四分之三交替進行的節奏和重複延伸的主題樂句，將音樂情緒展現得優美浪漫，與 A 段既有自然銜接又有明顯情緒對比，唱詞與襯詞同時並用到恰到好處，好唱順口特色突出，把山區傳統的情歌表現得如癡如醉。

　　除此之外，商調式民歌代表曲目還有《四季花名》，該曲的旋律起伏多處出現十度大跳。曲調優美旋律感強的如《葉落金錢》、《蓮花落》、《上大人》等。

3. 角調式民歌

　　角調式民歌在岳西民歌裏有五首，以說唱敘事為主。開始與中間樂句在屬音、下屬音上進行，最後樂句落主音 MI，有一種沒有穩定的結束，如落在下屬音上還有結束感，後面似乎預示有情緒轉換和曲調再現。

譜例 3-42：岳西民歌《姐在河裏洗包頭》

這是一首四音列 DO、SOL、RE、MI 組成的民歌，比五聲音階和六聲音階組成的歌曲簡單，旋律起伏不大。每樂句在四度行腔中進行，音域不寬為七度，全曲只有二個大的樂句。第一樂句四小節在屬音 DO 上進行，第二樂句有七小節，每小節在 MI 音上行走，最後結束在主音 MI 上。表現出簡單的音樂形象，幽默和小跳躍的個性人物和場面，襯腔襯詞有特色，如「呀哩呀絲、嘞呀絲、外寬家錯哎喇」等。

譜例 3-43：岳西民歌《歎四景》

這一首屬於三度行腔、有優美抒情感的曲目，它不同於上一首《姐後河裏洗包頭》，其旋律有起承轉合的進行。第一樂句為主音 MI 起句，第二樂句為中音 SOL，第三句落下中音 DO 音有變化，最後落在主音 MI 上，全曲比《姐》更有完整感和小變化的抒情感。

4. 岳西風格徵調式民歌

這是安慶民歌基音的衍生發展。徵調式民歌是岳西民歌的主要成份，它以茶歌、山歌為多，其結構也是以徵調式主音 SOL、屬音 RE、下屬音 DO、不穩定音上主音 LA、下中音 MI 的進行方式。以調式調性發展為規律，曲調平穩單調，卻也優美詼諧。這是安慶地區即懷寧、望江、太湖音樂中心地帶的基音，在岳西與岳西高腔民歌融入後產生的一種徵調式曲目，比其中心地帶的民歌呈現出更多、內容更廣的音樂技法，曲調也更顯完整豐滿，更具歌唱性。

（1）與基音相仿的岳西徵調式民歌

《白水畈》（譜例 3-44）這首曲目共十一小節，五句歌詞「大清改大名、蘇州改蘇春、如今世事不平等（乃）、又出一新聞、新聞陳家人」。四個樂句，前三個樂句落音都在屬音 RE 上，最後一個樂句落音在主音 SOL 上，反覆三小節落音也是一個屬音 RE，一個主音 SOL，旋律音程在上下三度、四度進

行，因此曲調平穩單調但也詼諧優美，這是安慶地區中心地帶基音的共性，這種民歌在岳西地區較為少見。

譜例 3-44：岳西民歌《白水畈》

目前常見的數量比較多的徵調民歌，都是在岳西土壤裏變遷過的岳西風格。由一段體發展成二段體，由五個音階發展用六個音階，節奏由單一的四分之二節奏發展散板轉換四分之一節奏。

例如，《姐家門前一棵桑》（見譜例 3-29），該曲描寫一位姐姐家「門口有一棵桑樹，來來往往好乘涼，叫木匠砍倒桑，折成板燒大香，燒上天見玉帝，燒下地見閻王，阿彌陀佛是冤枉」，引申出她內心希望哥哥愛她要有主張，不然就像砍了桑樹沒法乘涼又好冤枉的詞意，盡顯詼諧幽默。

曲調採用兩段體 A＋B 格式，A 段用優美的自散板旋律，導出這裡有一棵美麗的桑樹，每樂句的下滑音構成語氣詞和風格詞。轉 B 段進入四分之一節奏，用有板有眼的敘事數板手法，講述「把樹砍了好冤枉的」心情。兩段旋律對比性較強，曲調由 SOL、LA、RE、DO、MI、FA 六個音階組成，B 段音程上的八度大跳，把旋律彰顯遊刃有餘，旋律線起伏大，曲調完整優美。這是安慶基音在岳西地區生發出來的民歌，它的結構比原中心地帶的基音曲調更加完整豐富。

（2）徵調式出現 FA、SI 音的民歌

《南風悠悠》（譜例 3-45）這首七聲徵調式愛情山歌，以一段體自由散板進行。深情的散板準確抒發詞意，詼諧的徵調式結構，使曲調與歌詞達到美妙的愛情效果。尤其在音程旋律中，LA 與高音 RE 的上行四度骨幹音反向進行，展現了全曲的安慶地方風格。FA 音和 SI 音的出現使全曲增加了詼諧優美的色彩，這是一首安慶地區徵調式民歌在岳西演變後產生的典型性優秀代表

曲目。除此之外,《正月和姐說私情》第九小節和第十三小節結束句出現 FA 音也使曲調別具一格,把小姐內秀俏皮的詼諧情緒表現出來,這種表達是基音中心地帶的民歌所不具備的。

譜例 3-45：岳西民歌《南風悠悠》

（3）徵調式出現 SI、降 SI 音的民歌

譜例 3-46：岳西民歌《手拉槐樹望郎來》

這首的主題音樂使用了安慶中心地帶的基音,並用四度行腔旋律行進。第一個樂句五小節,按中心音調旋律發展,第四小節「望」字,按中心音調應該出現 DO 或 LA,但這裡卻出現 SI 音,瞬間將女兒盼郎來的內心急切又無奈的心情充分表現出來。第七小節又出現了降 SI 音,是娘問女兒「做什麼」,又把娘的「質疑」的心情態度展示出來。十三小節和結束句十四小節兩次出現 SI音,再次用 SI 音突出音樂形象,充分加強表現女兒「盼郎歸急切、無奈又不敢說的」的心意,這是岳西地區高腔音樂的常用音符,用以表現山區人民情感

的深度，這也是安慶地帶懷寧、望江、太湖地區所不具備的，因此它發展了安慶地區中心音調，成為岳西風格的徵調式。另外還有不少 SI 音出現的作品，如《探妹》等。

譜例 3-47：岳西民歌《探妹》

（4）徵調式曲目後半拍（弱起）出音

《對面山上石板岩》（見譜例 3-33），全曲十二小節，其中第一、三、五、十、十一六個小節都是弱起拍小節，用弱起動感的節奏，六次反覆強調歌詞的意境「女不風流男不愛」，以達到特殊的效果。這是安慶地區中心音調很少用的節奏型，避免了民歌中一個音型到底的單調技術手法，是安慶中心音調在岳西音樂土壤裏發展出來的成果。

5. 羽調式民歌

岳西民歌以高調門音域寬廣的宮、徵、商調式偏多，高亢明亮又有力度。其中，口語化、柔美抒情的民歌也佔有一定數量，是岳西民歌的另一種風格意境。

譜例 3-48：岳西民歌《下河調》

這是一首男女聲對唱對白的愛情歌曲,「姐在河裏洗白衣、抬頭看見乾弟兄,是何風吹來的」,哥哥回答說「心肝妹妹不要叫、我家窮忙丟不掉、沒有工夫跑」。全曲只有兩個樂句,上句為 SOL 音,下句為主音 LA,最後兩小節為重複下句,上下兩句進行以上下二度進行關係,這也是安慶地區岳西民歌的特色手法之一。另有曲目,如《瞧姐》、《妹想郎》等。

六、四度行腔的高腔風格

在安慶地區民歌中,除了有使旋律音程小跳產生內秀優美風格而進行的三度行腔手法外,還有四度行腔構成的旋律。這是安慶民歌的主要特色,分布面較廣。其中,岳西以山歌的徵調式和羽調式民歌最多,多為下行四度(高音 RE-LA)或上行四度(SOL-高音 DO)跳躍。與三度行腔一樣,主題發展也多次出現同音反覆手法,這種四度音程跳躍進行的旋律,比三度進行的旋律更為開闊明朗,是安慶地區方言音高的度數。這是從方言土語中產生的旋律,具有安慶地區的特色。

譜例 3-49:岳西民歌《妹想郎》

這是一首四句八小節規整的歌曲,有起承轉合格式。第三句落到 DO 音是情緒轉換,第二句音程稍有變化。其餘一、二、四句落在主題 LA 音上,全曲旋律每樂句每小節音程進行都是上下行四度(高音 RE-LA)或下上行四度(LA-高音 R)E,為民族調式四度行腔,共四個樂句。每個樂句起音都是 RE 或者 LA 的同音反覆,旋律線略顯平淡,開闊明朗帶有一點敘事風格。

曲目《南風悠悠》(見譜例 3-45),是一首六聲徵調式民歌,六句歌詞、六個散板樂句構成的曲目。每個樂句開始都是從高音 RE 走向中音 LA,然後落在主音 SOL 上,是標准的從高音 RE 下行進行到 LA 音的四度行腔徵調式民歌。其主音是 SOL,下屬音是 DO,全曲以下行四度(高音 DO-SOL)進行。

（高音 RE-LA）音應是主音 DO、屬音 SOL 的旋律模進，即下行走向（高音 DO-SOL），（高音 RE-LA）音是本曲旋律的特色風格。

這種純四度具有高亢明亮的效果，又有內向敘述抒情的情緒，在皖西南地方民歌裏較為少見，特別是 FA 音的出現，增強了四度行腔的旋律色彩和地方個性。全曲音域 MI 到高音 RE 只有七度，卻有六個音階在進行，沒有特別高和特別低的音區，在人聲最自然的聲區進行。因此這首四度行腔的曲目，明亮高亢優美動聽，把「南風悠悠北風涼、那方花兒這樣香、……花大姐、採花郎、如何來得（嘞）這相當（呃）」的詞意表現得風格濃鬱。

七、七、八度大跳

安慶地區民歌多以優美抒情、詼諧的生活情緒為主，因此旋律風格的進行多以三度行腔、四度行腔為主要手法。但在岳西民歌裏，五度、六度跳躍進行的旋律隨處可見，七度小跳和八度大跳並不少見，這充分顯示出高山地區人民的生活習慣，隔山喊話要有低音才能有低氣，七度、八度大跳才能喊出傳得遠聽得見的聲音。

這種大跳並不像安徽淮北地區的突然大跳音程，後者顯得「侉腔侉調」，前者跳得自然平和。有的大跳出現在一拍或一個小節之內，有的大跳出現在整個旋律自然的進行中，有上行大跳或有下行大跳，聽起來的效果高亢優美。這樣的民歌在岳西山區到處可見，成為岳西高腔和戲曲的主調音樂，也是安慶地區獨特樹一幟的大跳風格民歌代表。它改變了以往人們對皖西南地區民歌旋律只有三度、四度簡單平淡的印象，證實安慶地區岳西地帶民歌旋律的豐富多形，是安慶基音中心地帶所不具備的。

《十勸大姐》（譜例 3-50）是一首規勸女性的敘事性歌曲。第一句歌詞「正月（嘞）裏來（吔）第一、頭二小節八度大跳彰顯高腔風格，用八度跳躍告誡人們下文的重要性。在樂句第五行第五小節至第六行一、二、三小節，出現了旋律進行與主題風格統一的八度跳躍（第二十三到第二十六小節「描龍繡鳳該當學」唱詞旋律）。這種八度自然旋律進行多次反覆出現貫穿全曲，不僅使這首徵調式歌曲保持著南方調式的抒情感，配合大跳的貫穿，更使曲調在優美中強調主題的激昂。

譜例 3-50：岳西民歌《十勸大姐》（八度大跳）

十劝大姐
（西门净）

岳西古坊
徐善建 唱
徐东昇 记谱

　　曲目《姐家門前一棵桑》（見譜例 3-29），是一首男聲演唱的八度大跳岳西高腔山歌。第一樂段「姐家門前一棵桑，來來往往好乘涼，姐問親哥做麼事，旁人說話不應當、看牛爾兒有主張」五句歌詞，全部用自由散板和上行五度 SOL-RE 的自然跳躍音程進行，旋律優美高亢，是大跳形成的岳西高腔音樂風格，是不同與北方的南方特有風格民歌。曲調進入第二樂段，「叫木匠砍倒桑，折成板做大香」共六句唱詞，第一小節就用了八度大跳（RE-高音 RE），使用四分之一節拍使旋律情緒自然轉入，強調式的敘事又優美的情緒與第一樂句形成了既有統一又有對比的結構，使全曲完整高亢，該曲是岳西民歌綜合技法的典型代表作品之一。

　　曲目《四季送郎》（見譜例 3-41），是一首女聲演唱的八度大跳岳西高腔

山歌。在岳西民歌中，不僅男聲有激昂優美的高腔八度跳躍民歌，女聲同樣也有。全曲八句歌，二個樂段旋律的進行，幾乎都在八度（RE-高音 RE）和七度（MI-高音 RE）音程大跳中流暢進行。如第一句的八度大跳，把聽覺拉到遙遠的天空明亮開闊，類似這樣八度跳躍進行的樂句出現了多次。進入節奏的第二樂段的四句歌詞主題用的是七度小跳上下來回進行且反覆出現，使第二樂段的情感顯得楚楚動人，該曲也是岳西民歌技法綜合齊全的典型代表作之一。

八、調式交替

在安慶民歌中，隨處可見旋律使用調式交替的手法進行。旋律用二種不同的調式來交替，各種調式之間都可以轉換，其間具備有一定的規律。下面列舉三種不同的調式轉換民歌曲目，感受不同的旋律和曲調之間各種不同風格的情感效果。

1. 羽宮調式交替的民歌

譜例 3-51：岳西民歌《妹勸郎》

妹劝郎

（岳西）徐东升记谱

該曲有六句歌詞六個樂句，每個樂句二小節，最後結束句三小節。歌詞與樂句明顯的進行是按上下句的規律行進，「勸我的郎要小心」是第一個上句，樂句音落在 LA（羽）音上，第一個下句「莫把小妹掛在心」，樂句音落在 SOL（徵）音上。第二個上句「心中老把小妹子想哎」，樂句落音在 LA（羽）音上，第二個下句「想起了小妹病沾身」，樂句落音還在 SOL（徵）音上。第三個上句「我的哥哥我的郎哎」，樂句落音又在 LA（羽）音上，第三個下句「你的事情乖妹子知哎」樂句結束音落在 DO（宮）音上。三個上句都落在 LA（羽）音上，曲目的調性走向是羽 LA 調式。三個下句、二個樂句落在宮調式的屬音 SOL（徵）上，最後落在宮 DO 調式主音上，穩定感結束。兩種調式交替使曲

目旋律形成對比，曲調出現新鮮感，這種技法的結束句也使全曲有特別穩定的終止感。

2. 羽徵調式交替的民歌

《慢趕羊》（見譜例 3-26），是一首放羊娃在山上唱出謙虛好學的內心活動歌曲。放羊娃道「叫我唱歌就唱歌，我今年小（外）學不多，石板栽花腳跟淺囉」。第一、二樂句八小節二句歌詞，是羽調式 LA 的旋律進行，用明快的小調節奏，準確表現放羊娃「叫我唱歌就唱歌，我今年小（外）」的愉快心情。

到了歌詞「噥喲呵嘿我學不多」時，旋律轉向徵調式 SOL 的下屬音 DO 上，接著最後重複落句在徵調式主音 SOL 上，樂句音樂形象，立刻轉為詼諧幽默的徵調 DO 和 SOL，情緒的轉換與對比，充分強調放羊娃的歌詞「學不多」，旋律的進行使用四度行腔。如此使用調式轉換來表現情緒的對比，使曲調更為流暢動聽。

3. 徵羽調式交替的民歌

《兩眼汪汪對小郎》（見譜例 3-28）是另一種的調式交替山歌。全曲用自由散板的節奏，描寫一對青年男女的互相深情的傾訴。「郎靠著櫥櫃姐靠箱、兩眼汪汪對小郎」，樂句旋律進行不同於《妹勸郎》和《慢趕羊》上兩首曲目，它並非二段前後或上下句對比調式轉換，而是用徵 SOL 音和羽 LA 音融匯貫通在整個旋律進行中，用內在的 SOL 音和優美的 LA 音把幽默和傷感、傾訴與呼喚交織揉和在一起。

這是安慶地區特有的一種曲調風格，與地方語言的音調關係緊密。特別是結束句落在羽調主音 LA 上，但最後尾巴上還帶有一個屬音 MI。這是本地人的說話語言方式，常有比較低沉的四聲五音帶下滑的習慣，類似古人吟詩之效，低厚深情蔓延的詩句表達內心獨白，曲調旋律的走向完全貼合方言聲調的自身規律。

第三節　潛山民歌

潛山，地處安徽西南部，大別山東南麓，長江下游北岸。四季分明、春雨連綿、夏熱多雨、秋高氣爽、冬季乾冷。東南靠岳西大別山，西北近太湖、懷寧、望江等地。地勢呈西北高東南低之勢，由西北向東南呈梯形，北正伸為中低山區、丘陵崗地和平原，山區、低山區、丘陵、崗地、平原各占一定面積，號稱中國天然氧吧。鍾靈毓秀的天柱山，其峰突出眾山之上、峭拔如柱也。潛

山市安徽省歷史文化名城，也是京劇鼻程長庚的故里、京劇發源地，安徽省非文化遺產潛山彈腔的所在地。

　　潛山文化蘊含壯觀的大別山之雄偉，又有靈毓的天柱山之秀麗。潛山音樂兼備岳西、太湖、望江、懷寧多地的綜合，潛山民歌曲調結構完整，旋律優美動聽、生活氣息濃厚又朗朗上口，既具有岳西民歌的深度廣度、又具有安慶基礎音調中心地帶太湖、望江、懷寧的柔和多樣，是多地精華的結合。潛山民歌的很多曲目都廣為流傳，如榮獲安徽省文化廳一等獎和中央電視臺作品和演唱二等獎的潛山民歌《小姑喂、鷹又來著》、榮獲首屆「長江杯」優秀作品和演唱獎的《南風悠悠》，以及被群眾文化舞蹈傳唱的《十二月花神》等都是安徽省民歌的優秀之作。

一、昇華的中心基音

　　潛山民歌的曲調大多是徵調式，基本音調的主題樂句主要是：

　　潛山民歌同基音中心地帶一樣，基調的樂句存在於很多民歌當中。但同時又受本地文化的影響，在基調之上又有所發展變化，形成潛山風格的基調風格曲目。

譜例 3-52：潛山民歌《大腳歌》

歌詞「坑壞」意思是害死人；「雀」方言音指滑稽的意思；「張」方言音指「裝」。這是一首五聲 SOL、LA、DO、RE、MI 結構的徵調式民歌，基本保留中心地帶的基音。節奏、節拍、音域變化不大，僅旋律音程進行更有起伏性，方言聲調和旋律走向緊密糅合為一體。曲調優美歌唱性較強，把歌詞「叫聲我的哥喂、莫笑我大腳嘞、田畈上的事情都是我嘞、小腳難擔活」的意境表達得落落大方。

譜例 3-53：潛山民歌《豐收謠》

丰收谣

汗山 王如发 记谱

這是一首五聲 SOL、LA、DO、RE、MI 結構的徵調式民歌，它的曲調主題和落句是安慶中心地帶基音在潛山生發出的又一個形態。全曲有長短不一的四句唱詞和樂句，每句唱詞和每個樂句都在詞尾帶上二小節音樂的襯詞，如「郎割喂早稻喂」唱「哎哎嗨喲」、「妹送香茶喂到田埂囉」唱「哎嗨喲」，「粒子大耀眼晴」唱「哎哎嗨喲」，「只聽歌聲不見人囉」唱「哎哎喲」等。

每句歌詞的第一樂句，從主音 SOL 的下中音 MI 用襯詞轉到了下屬音 DO，最後落句到屬音 RE。第二樂句由兩次再現下屬音 DO，落句到主音 SOL。第三樂句再現，又是從主音 SOL 的下屬音 DO，用襯腔襯詞轉入到屬音 RE 上。

第四樂句再現第二樂句結束。旋律進行運用了四分之二和四分之三節拍的交替進行，以及音程下行七度的大跳（SOL-低音 LA）和五度上行（SOL-高音 MI）的大跳，每個樂句和全曲明顯增強了旋律的起伏感，彌補了中心地帶基音的單調和平淡。

二、四度行腔代表曲目

　　旋律的四度行腔在潛山民歌裏佔有百分之五十的比重，為安慶民歌之最。它幾乎成為本地民歌的技法標杆，這與本地方言土語中四聲五音的距離有著密切關係。四度行腔是以徵調主音 SOL 的上主音 LA 和屬音 RE 行進，以純四度關係按上行（LA-高音 RE）和下行（高音 RE-LA）旋律方式，這種純四度進行的旋律與安地區中心地帶徵調式基礎音調民歌相比，更顯曲調明亮和地方的個性風格。

譜例 3-54：潛山民歌《南風悠悠》

南风悠悠

汗　山
张德祥 记

　　這是一首五聲 RE、LA、DO、MI、SOL 徵調式民歌，主題音調和落句音在最後兩小節，是一首在徵調式、旋律音程按純四度上下進行的曲目。全曲是不規則的二句唱詞和十小節樂句，卻柔情優美地表現了農村姑嫂關係的親密場面。「南風悠悠北風涼」的詞意曲音體現出潛山丘陵地帶夏天涼爽宜人的氣候，該曲在 1980 年中國首屆長江歌會上榮獲優秀作品演唱獎。

　　《薅草歌》（譜例 3-55）是一首四聲 LA、RE、DO、SOL 羽調式民歌，主題樂句是在四度進行後，落音在的主音 LA 上。旋律按四度行腔進行，該曲比上一曲《南風悠悠》的徵調式四度行腔曲調更顯明亮柔情。全曲二個樂段十二小節樂句，第一樂段六小節二句唱詞「一條麼手巾絨線挑喂、白紙麼包包那」，是羽調式主音 LA 和下屬音 RE 按純四度上下行腔關係進行的旋律。第二樂段第一、二小節旋律，是在徵調式的主音 SOL 和下屬音 DO 上，按下行

高音四度（高音 DO-SOL）進行的旋律，最後按四度行腔落音在主音 LA 上，這種羽調式四度行腔的曲調風格明亮又柔和，是安慶地區四度行腔的代表之作之一。

譜例 3-55：潛山民歌《薅草歌》

薅草歌

汗山 李中庭 演唱
朱永胜 记谱

三、調式交替代表曲目

用調式交替的技巧來進行旋律是民歌常用多見的手法。安慶民歌中心地帶的基礎音調是徵羽或羽徵的調式交替較多，但在潛山民歌中發展出了更多更豐富的調式交替手法，較突出的代表性民歌是《小姑喂！鷹又來著》。

《小姑喂！鷹又來著》（譜例 3-56）是一首五聲 LA、DO、RE、SOL、MI 徵羽調式交替進行的民歌。以第三人稱的身份告訴自家看雞的小姑「小姑看雞要留神、天上飛的有老鷹、老鷹要抓小雞吃、半天麼雲上叫了一聲娘、喇！喇！拍手麼打掌喂呵、小姑喂鷹又來著」，這是用本地生活方言和音調描繪老鷹抓小雞、小姑護雞趕老鷹的生動形象場面。

全曲採用旋律四度行腔手法，曲調在羽調式主音 LA 和下屬音 RE 上，同時又在徵調式主音 SOL 和下屬音 DO 兩個調式之間輪迴進行，最後落句落音在羽調式主音 LA 上，整個曲調旋律宛轉起伏，有濃鬱的敘事性、表演性和歌唱性風格。該曲在 1982 年安徽省文化廳和中央電視臺舉辦的全國「小百靈賽

歌會」上，榮獲全省一等獎和全國作品演唱二等獎，在全省全國校園和電視臺各媒體廣泛傳播和傳唱。

譜例 3-56：潛山民歌《小姑喂！鷹又來著》

四、宮調式代表曲目

《十二月花神》（譜例 3-57）是一首六聲音階 RE、MI、DO、SOL、RE、LA 宮調式民歌，結構完整規範。全曲歌詞十二個月每個月季節盛開的花朵比作十二個花神來詠頌，題名詞意浪漫。「正月梅花、二月杏花、三月桃花、四月薔薇花、五月石榴花、六月荷花、七月鳳仙花、八月桂花、九月菊花、十月芙蓉花、冬月山茶花、臘月臘梅花」。用典雅古樸的語言和生動形象的比如手法，把十二月盛開的花寓意成十二個美妙的花神，秀雅美倫。

歌詞結構規範完整，每段歌詞結構為第一句為七字句「春季梅花香渡春江」，第二句為五字句「點綴好風光」，第三句字為七字句「冰肌玉骨映紅妝」再現第一樂句情緒，第四句為五字「弧山留素影」，第五句為強調為七字句「獨佔百花百花王」。歌詞結構是桐城派文學的經典結構——五句型，這種結構奠定了樂曲旋律也是五個樂句的結構框架。

第一起句的樂句落音在不穩定調式中音 MI 上，曲調優美。第二樂句落音在屬音 SOL 上，曲調走向稍穩定。第三樂句又回到不穩定中音 MI 上，再現

曲調的優美風格。第四樂句落音在上主音 RE 上，曲調逐漸接近穩定感。第五樂句落音在主音 DO 上，並重複歌詞強調直至完全終上結束。

譜例 3-57：潛山民歌《十二月花神》

十二月花神

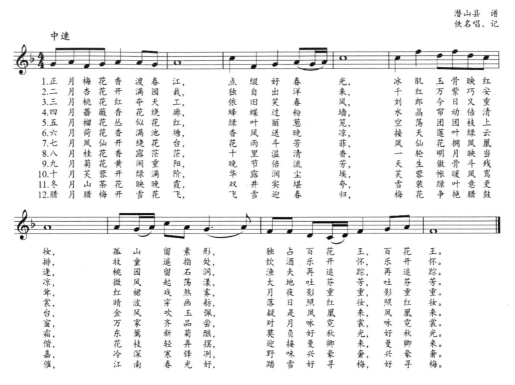

曲調用四分之四節奏，一字一個音節奏輕盈，旋律進行是三度行腔和四度行腔的手法。這首民歌在 20 世紀 50～60 年代榮獲安徽省民間歌舞會演優秀獎節目獎，也是當年安慶各劇團歌舞表演中的保留節日。

第四節　宿松民歌

宿松，位於皖、鄂、贛三省結合之處，號稱三省交界一枝花。地處長江下游之首北岸，東與望江縣湖北毗連，南濱長江與江西湖口縣、彭澤縣隔江相望，西和湖北黃梅縣、蘄春縣接壤，北連太湖縣。在安慶的風土風俗文化中，「太、宿、望」有安慶文化中心之稱，宿松境內有龍感湖、黃湖、大官湖，盛產河蟹、蝦、鱉，有「萬里長江的絕勝、江上第一奇景」的小孤山，「南國小

長城」白崖寨，石蓮洞等名勝。

　　一方水土一方人，本地風土人情的積澱是本地文化的根脈，所處的地理位置是產生和改變該地區文化的營養劑。宿松文化和宿松民歌被湖北、江西外圍文化所影響，也被太湖、望江、懷寧、安慶等內部中心文化所滲透，形成了宿松風格多元化特色的民歌。

一、基礎音調

　　與安慶中心地帶的基音主題樂句基本相似，此類民歌約占宿松民歌的百分之四十左右，分佈在宿松各地。這種基音產生在宿松共同的土語方言之上，按徵調結構行腔走調，主題樂句大多是：

譜例 3-58：宿松民歌《放牛歌（一）》

放牛歌（一）

宿　　松
周演记

你的山歌　沒得我的山歌多，我的山歌裝兩筐，老鼠咬斷索兒喂，咬不斷好山歌

　　這是一首五聲 MI、RE、DO、SOL、LA 徵調式民歌，全曲的音域只有五度（SOL-高音 RE），旋律音程進行每小節按大二度音程進行即 MI-RE、DO-RE、SOL-LA 的模式，採用 $\frac{2}{4}$ 和 $\frac{3}{4}$ 不同的節奏型對比發展旋律。

　　曲式結構是簡單的一段體，五小節樂句對襯著五句歌詞「你的山歌，沒得我的山歌多，我的山歌裝兩籮，老鼠咬斷索兒喂，咬不斷好山歌」，全曲旋律簡單易唱，是宿松基音的典型代表作。類似這種基音結構形式的民歌，還有《繡荷包》等十幾首。

　　《繡頭巾》（譜例 3-59）是一首五聲 SOL、LA、DO、MI、RE 徵調式民歌，以徵調式屬音 RE 和主音 SOL 進行。第一樂段三句唱詞有四小節兩個樂句「貨郎哥把鼓搖，姑娘將手迎，買只絲絨繡頭巾」，第二樂段三句唱詞四個樂句稍有擴張變化，用 SOL-RE-RE-SOL 音程樂句進行。樂曲主題為南方風格的生活小調，富有歌唱性和親切感。類似這種風格的曲目還有，《三杯茶》、《剪個小大毛》等十幾首。

譜例 3-59：宿松民歌《繡頭巾》

譜例 3-60：宿松民歌《十樣花》

這是一首五聲 LA、SOL、MI、DO、RE 徵調式民歌，第一句為主題樂句，最後一句落句是都是典型的安慶宿松基本音調。第一段詞第一個樂句「扁頭花開一把刀，結識個情人是殺豬佬」，四個樂句進行落音始終在 MI-MI-SOL-SOL 音上，第二段唱詞「別入剁肉搭骨頭，小奴家剁肉搭板油」及第二樂段和四個樂句調式調性結構重複第一樂段。這是一首規範的徵調式民歌，主題動機有特點地採用有動感的下中音 MI 作為起句。

全曲可分為兩個樂段，第一個樂段進行音是 MI-DO-SOL-SOL，第二個樂段進行音是 MI-MI-SOL-SOL，全曲旋律進行有起伏對比感。旋律音程採用六度下行大跳（高音 DO-MI），從第一小節到四小節呈從下至上，又從上至下的旋律走向，使旋律線有明顯起伏，此處受湖北旋律大跳手法的影響，朗朗上口的曲調具有濃鬱的宿松風格，是宿松民歌的優秀代表作。

二、四度行腔和湖北風格的交織

四度行腔是宿松民歌旋律進行比較突出的表現手法，旋律在徵調式結構內，按純四度（LA-高音 RE）、（高音 RE-LA）音程進行，也有少量在羽調式

及相關調式交替的民歌中出現。它與安慶其他幾個區域的四度行腔手法大體相似，充分表現宿松民歌雖處在三省交界，但根基仍屬於安慶民歌體系。

譜例 3-61：宿松民歌《駕竹排（一）》

駕竹排（一）
（哼山歌）

宿松 刘仙娘 唱
陶 演记

這首《駕竹排（一）》採用八分之四和八分之三節拍交替進行完成旋律發展，這種少見的特殊節奏交替，用兩種特殊節奏來表現旋律的四度行腔，使曲調產生一種特殊的節奏動感。這種手法在其他地區並沒有出現，該曲是四度行腔的代表作。類似這種特殊節奏的曲目還有《駕竹排（二）》。

譜例 3-62：宿松民歌《駕竹排（二）》

駕竹排（二）

宿松 缪園田 唱
陶 海记

　　這《駕竹排（二）》是一首五聲 SOL、MI、DO、LA、RE 徵調式民歌，骨幹音是 SOL、LA、DO、RE，旋律音程純四度（LA-高音 RE、高音 RE-LA、SOL-高音 DO、高音 DO-SOL）走向進行。運用八分之三的節奏型把較單調的音程旋律變得生動有歌唱性，體現出「郎在河裏駕竹排，姐提菜籃下河來，郎把篙子打姐水，姐把羅裙兩分開，駕排哥哥上岸來」歌詞畫面的栩栩如生之感。

　　兩首《駕竹排》都是宿松風格的四度行腔，僅使用的節奏節拍不同就形成了音樂效果的不同。第一首是八分之四和八分之三拍節奏交替混用，展現江面駕竹排看似瀟灑卻風浪高低驚險連連的場景。第二首採用同樣的歌詞用八分之三的切分節奏音型，表現在風平浪靜之下的駕竹排場景。

　　多複雜節奏用在一首民歌中在安慶區域唯獨宿松所特有，但在湖北民歌中卻屢見不鮮，如湖北民歌《山歌》。第一首《駕行排》是有宿松民間藝人借鑒湖北節奏手法而創作的民歌，第二首《駕竹排》節奏多變，切分節奏的使用展現出了安慶基音的特點，是具備了安慶基音、宿松調門、湖北三種風格的特色民歌。

譜例 3-63：湖北民歌《山歌》〔註1〕

譜例 3-64：宿松民歌《曉星起山一盞燈》

晓星起山一盏灯
（寒香山歌）

宿松 叶乔生 唱
陶 演 记

〔註 1〕湖北省文聯音樂部收集、湖北省文化局音樂工作組整理編輯，《湖北民歌選集》，湖北人民出版社，1955 年，第 150 頁。

這是一首具有濃厚本土基音的民歌，採用山歌形式的襯腔襯詞和唱詞旋律交替進行，按四度行腔的手法發展旋律，曲調悠揚。另有《乾哥調》、《外加一件毛藍布掛》等都使用各種不同的音樂形式來表現四度行腔的旋律。

譜例 3-65：宿松民歌《來了解放軍》

来了解放军

（十二个时辰）

宿　松
陶　演记

這是一首本土基音風格濃鬱的民歌，五聲 LA、RE、DO、MI、SOL 徵調式，骨幹音是 LA、RE、DO、SOL。全曲五小節基本按純四度關係（LA-高音 RE、高音 RE-LA、高音 DO-SOL、SOL-高音 DO）進行旋律，旋律結構有起承轉合的規範進行。第一句歌詞樂句「正月裏是新哪」為起句，落在主音 SOL 上，第二句歌詞樂句「來了個解放軍哪」為承句，落在下屬音 DO 上，第三句歌詞樂句「解放全國窮苦人」為轉，落音在屬音 RE 上，第四句歌詞樂句「婦女要翻身」為合句，又落在主音 SOL 上。旋律悠揚利於傳唱，是本地民歌中的優秀之作。

三、湖北、江西旋律大跳和 SI 音的運用

譜例 3-66：宿松民歌《麻城山歌》

麻城山歌

宿松蔡八弟唱

這是一首六聲 RE、SOL、LA、DO、MI、SI 徵調式民歌，基音是安慶徵調式風格，骨幹音是 SOL、LA、RE，旋律音程是三度行腔和四度行腔。在旋律的第三、四小節，如果按安慶地區民歌語言的走向並不是譜例當中的 RE-低

音 SI，而應該是 RE-DO，此處的 DO 是本調式的下屬音，這樣全曲風格本也是安慶地區基音風格的簡單優美，但實際上 DO 音卻變成了清宮 SI，如此是為了表達詞意「姐兒咬牙，不作聲哪」的內心深處的激烈心情，將第三和第四小節的湖北基音很自然地嫁接了上去，從而達到詞曲結合更佳的效果，可以對照湖北民歌《打柴歌》〔註2〕。

譜例 3-67：湖北民歌《打柴歌》

譜例 3-68：宿松民歌《對花》

对花

宿松陶演记

這是一首五聲 DO、LA、RE、MI、SOL 徵調式民歌，骨幹音是 RE、LA、AOL，旋律音程走向多為四度行腔，曲調簡單優美。第三小節歌詞「什麼人手索手」，按安慶語言常規音調「手牽」二字的旋律應該是 DO-RE，但此處「手牽」卻出現了清宮 SI 音，相連的下行七度大跳變成了（SOL-低音 SI），這是手法安慶基音裏所沒有的。這裡使用了湖北調裏常用的 SI 音和下行大跳手法，以達到「手牽手」的加強誇張效果。這種手法是安慶地區四度行腔在宿松的運用，同時受湖北大跳和清音、變音的影響，因此宿松民歌節奏變化多、旋律起伏大，形成了特有的風格。

四、宿松與湖北宮調式結合

《送郎》（譜例 3-69）是宿松本地的特色民歌，受到湖北、江西民歌音調

〔註2〕 湖北省文聯音樂部收集、湖北省文化局音樂工作組整理編輯，《湖北民歌選集》，湖北人民出版社，1955 年，第 48 頁。注：宿松民歌《十樣花》與湖北民歌《打柴調》旋律調式調性基本相同，僅唱詞不同。

宮調式的影響。這首五聲 LA、DO、SOL、MI、RE 宮調式民歌結構簡單，屬音 SOL 音起句，經過渡句上主音 RE 音，再到落句主音 DO，旋律音程是安慶特有的三度行腔。

譜例 3-69：宿松民歌《送郎》

送郎

宿松陶 演记

規範的四分之四節奏，沒有大跳，是安慶地區常見的宮調式民歌節奏，曲調具有皖西南江南民歌的風格。類似這種形式的民歌還有，《想郎》、《倒香茶》、《探妹》《拜年歌》、《相思調》、《怕到春日來》等。

五、綜合演變體

譜例 3-70：宿松民歌《旱船調》（說唱體商調式）

旱船调

宿松
陈一帮 唱
蔡中兴 记
陶演殷轶林 整理

（開場）喜洋洋，喜洋洋，上走湖廣，下走蘇杭。我也曾到過東洋，回頭來到上海，順風有到九江。聽我把一路上的風光唱一唱。

這是一首六聲商調式的民歌，運用安慶地區宿松徵調式之基因，借鑒湖北語言風格的七度下行，加入 FA 音和 SI 音，融合宿松文南詞商調式的精華，

使音樂主題動機突出了明顯的個性化人物形象。旋律線高低行走變化自如、音程進行抑揚頓挫，曲調更有張力，配合生活化的歌詞，表現出個性極強的敘事幽默感，旋律朗朗上口更適合人物的舞臺化表演，是宿松音樂多元化的典範，也是安慶地區說唱音樂的優秀代表曲目。參考對比湖北民歌《龍船調》。

譜例 3-71：湖北民歌《龍船調》

六、從傳統民歌《勞郎歌》到改編民歌《小班鳩》

譜例 3-72：宿松民歌《勞郎歌》

勞郎歌

宿松陶 演记

這首歌曲演唱時節奏較為自由，多處帶哭音和假聲。該曲是一首在宿鬆土本基因上吸收湖北風格因素的宮調式民歌，最大特點是全曲只有四音列 DO、RE、MI、SOL。曲調旋律的進行僅有二度，這是安慶地區從未出現過的旋律音程進行方式，較為特別。《勞郎歌》全曲十三小節，六個樂句，有十小節都是用二度行腔方式來發展旋律 DO-RE、RE-DO，始終在上主音 RE 和主音 DO 上交替進行。

其他的如第三至第四小節、第九至第十小節是三度行腔和上主音、主音的交替進行方式，全曲十三小節音程幾乎沒有四度以上的大跨度。宿松民歌中的方言歌詞，「初一（哎）打扮（吶）去勞（麼）郎（呃），親哥哥（喂），我的乾哥（喂哎哎）得病（哎），（啊咦哎嚕）躺在象牙床（哎）我的乾哥哥」，十四個方言配合襯字襯腔，加上宿松本地常用的四分之二和四分之三節奏交替，使曲調明亮輕快，略帶有幾份內秀憂愁，該曲是宿松與湖北地區民歌結合的代表。

譜例 3-73：宿松民歌《小斑鳩》

小斑鳩
（男女声领唱、女声齐唱）

宿松民歌
陶演编词编曲

該曲是在《勞郎歌》基礎上改編創作的民歌。二十世紀六、七年代，宿松縣熱愛民歌的音樂工作者陶演在掌握這首民歌明亮輕快的風格基礎上，將二度行腔的旋律主題，比擬小斑鳩的動態與叫聲。他將原詞兩個男女改成兩隻雌雄哥妹斑鳩，把原襯字襯音改成斑鳩叫鳴的聲音「咕咕咕咕」，用對答式的談情說愛方式，把《勞郎歌》從民歌寶庫翻新為新民歌《小斑鳩》。

這首民歌擺脫了原有歌詞和音樂情緒上的憂傷感，保留並加強了原曲節奏上的輕鬆愉快，並用二段體曲式發展了音樂旋律的長度和篇章，是一首有特

色的男女聲對唱和合唱曲目。1982 年安徽省文化廳和上海唱片社等部門，將該曲從配器、演唱、錄音製作等方面進行全新的時代性打造，編入安徽民歌《帶露的花朵》盒帶後全國發行，成為老中青三代都喜愛改編民歌之一。

七、從傳統民歌《不夠再來添》到改編民歌《田埂小路》

譜例 3-74：宿松民歌《不夠再來添》

不够再来添

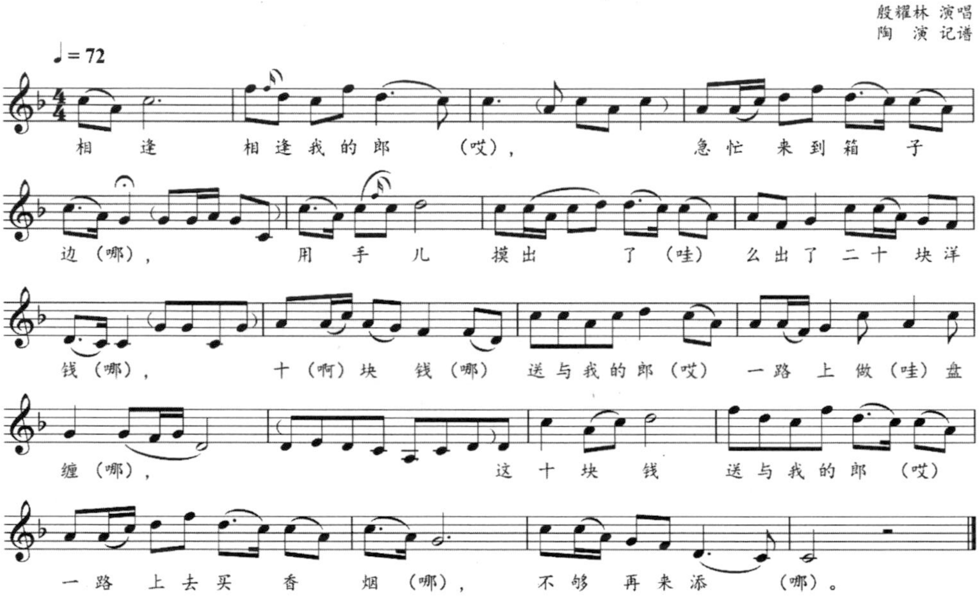
殷耀林 演唱
陶 演 记谱
♩= 72
相 逢 相 逢 我 的 郎 （哎）， 急 忙 来 到 箱 子
边（哪）， 用 手 儿 摸 出 了（哇） 么 出 了 二 十 块 洋
钱（哪）， 十（啊）块 钱（哪） 送 与 我 的 郎（哎） 一 路 上 做（哇）盘
缠（哪）， 这 十 块 钱 送 与 我 的 郎 （哎）
一 路 上 去 买 香 烟（哪）， 不 够 再 来 添 （哪）。

該曲是一首五聲 SOL、MI、DO、LA、RE 徵調式民歌。旋律婉轉優美、歌唱性強，具有風趣的敘事說唱感，是徵調式在宿松地區發展完美和頗具特色的民歌。全曲最後兩小節作為音樂主題是安慶地區共有的基本音調，是安慶地區徵調性曲目所共有的。

第一句「相逢我的郎哎」落主音 SOL，第二句「急忙走到箱子旁」落音屬 RE 上，第三句「打開了箱子鎖哎」落上主音 LA 上，第四句「摸出二十塊洋錢」落主音 SOL 上，成為有規律的旋律起承轉合。旋律音程進行使用四度行腔，骨幹音是純四度（LA-高音 RE、SOL-高音 DO）的行進規律。

譜例 3-75：宿松民歌《田埂小路》

田埂小路

女声独唱

宿松民歌

這首是宿松音樂工作者陶演在宿松民歌《不夠再來添》基礎上改編的民歌。旋律和調式調性變化不大，但歌名和歌詞發生了改變，歌詞與曲式結構由《不夠再來添》的一段體改編成兩段體《田埂小路》。兩首都在表達兩種不同人物發生的不同故事，《不夠再來添》描述了一對小夫妻在家庭裏發生的故事。

該曲是描述一對青年男女各從田埂兩個方向走去，但因路窄女方渴望男方抱她過路暗示情愫，誰知男方想脫鞋從田地繞過，女方頓時回應「你好呆呀，手牽手兒就過來呀」，此為第一樂段。這段曲調旋律結構基本上沒作改變，只是樂段改用三連音和後半拍唱出落句「怎讓開」、「怎過來」，用這種節奏型強調男女雙方當時羞澀的心情。比原曲增添了第二段的《田埂小路》歌詞更富有情趣，「哥又回頭走，妹我往後退，田里人多怎把口開，面對面呀難說私情話，假裝低頭拔繡鞋，送給你一根絲腰帶」用這種方式將兩人攔腰拉過來。第二樂段曲調基本沒做變化，僅在最後二小節「送你一根絲腰帶」改用後半拍起句來強調場面情趣的精彩，旋律某些地方節奏型改變，用多個切分節拍更富動感，以適應配器節奏多變的處理。

歌曲《田埂小路》1982 年由安徽省文化廳、上海唱片社全面重新打造錄製，並收錄在《帶露的花朵》盒帶在全國發行。編配後的曲目由輕音樂形式和搖滾節奏配器伴奏，蕪湖市歌舞團民美聲陶燕華演唱，在當時的樂壇和廣大聽眾引起了「民歌音樂走潮流」的認可。

第五節　桐城民歌

桐城西依大別山，東臨長江，抵天柱而枕龍眠，索大江而引樅川。西北群山重巒疊嶂，挺秀爭苛，中部丘陵扇面展布，傾降平緩，東南平泵阡陌縱橫，織繡鋪錦。桐城素有崇文重教的優良傳統，享有「文都」盛譽。桐城派主盟清代文壇二百餘年，歸附作家一千二百餘人，在中國文化史上蔚為高峰。這裡名士輩出，有大學者方以智，父子宰相張英、張廷玉，美學大師朱光潛，哲學家方東美，革命家、外交家黃鎮，計算機之父慈懋桂，表演藝術家嚴鳳英等，有桐城文廟、文和園、六尺巷等諸多經典名勝。

2008 年，「桐城歌」（文學部分）被列入國家級非物質文化遺產項目。這是載入中國文學史上的一種民歌，歷史上的桐城地處吳國與楚國交界之處，素有「吳頭楚尾」之稱，風俗習慣與古楚國類似，其文學兼備楚辭「以五七言為

主、體式自由、想像豐富奇特」的特徵。桐城作為桐城派的故鄉，桐城民歌的產生和發展與該地的人文背景緊密關聯。早在明代，文學家兼戲曲家的馮夢龍就將桐城歌收入他的《明清民歌時調集・山歌卷》中有二十四首，《明代雜曲集》收錄桐城民歌有二十五首，《風月詞珍》收錄「時興桐城山歌」有五十三首。

清末父子宰相張英、張廷玉也曾創作過桐城歌，如《山中暮歸聞樵歌》：林端雅陣橫，煙外樵歌知，瘦驢緩緩行，斜陽在溪水。如道德文理名篇《六尺巷》：千里家書只為牆，讓他三尺又何妨，萬里長城今猶在，不見當年秦始皇並謂之，「鄉俚傳頌，婦孺皆知」。桐城派文學家姚興泉創作有《桐城好》：桐城好喂，桐城好哎呦哎喇，自古出賢良吶，一紙傳書明禮讓，斷言高潔豈公堂，懿德遠流芳，桐城好喂，桐城好哎喇哎約，山水孕文章吶，人傑地靈流派興吶，方姚語體美名揚，今世亦風光。諸如此類等等。

1980～90 年代，以桐城文聯葉瀨為代表的民間文藝工作者，搜集了桐城原始民歌資料八千餘首，編輯出版《桐城歌謠》、《桐城傳統兒歌三百首》。期間，《中國古代歌謠精品賞析》、《中國古代民歌鑒賞詞典》、《情歌五唱——中國古代民歌選》、《中國情歌》等辭書都不同程度地收錄了桐城歌。目前庫存的桐城民歌資料約有一萬餘首，但大多為文字型詩歌、歌詞，很少留下曲譜資料，更沒有音像資料。20 世紀 50 年代，以桐城文化館劉凱為代表的一批音樂工作者，收集了大量的桐城民歌資料，並篩選整理了帶有歌詞和曲譜的桐城民歌一百五十多首，其中十五首入選 1982 年安慶地區文化局、文聯編印《安慶地區民間音樂》一、二兩集，七首分別入選《中國民歌・安徽分卷》和有關書叢刊物。

下文精選有代表性的桐城民歌，從描寫的 / 規約的、樂素的 / 樂位的、設定的 / 約定的三對核心概念入手，從音的、調的、腔的、拍的、字位的、複音的元素分析桐城歌的音樂基因文化。桐城民歌從內容上可分為：風土、傳說、時政、勞動、生活、情愛、儀式、事理、趣味、燈歌、兒歌等，從題材上可分為情歌、山歌、民謠、小調、風俗歌、童謠、說理歌、祭祀歌等，從體載上可分為獨唱、對唱、領唱齊唱、合唱等多種形式。

一、桐城派歌詞的文學特色

桐城民歌裏各類題材的民歌詞，語言含蓄委婉堪稱凝練。很多歌詞多用象

徵比喻的表現手法，常有小雅致的美學特徵。如《素帕》「不寫情詞不寫詩，一方素帕寄心知，心知接了顛倒看，橫也絲來豎也絲，這般心思有誰知？」該詞使用雙關的表現手法，寓意深刻、俗中見雅、清新樸實。又如《火亮蟲》「火亮蟲，夜夜飛，爹爹叫我捉烏龜；烏龜沒長毛，爹爹叫我扯毛桃，毛桃沒開花，爹爹叫我扯黃瓜，黃瓜沒落地，爹爹叫我學唱戲，唱戲沒搭臺，爹爹叫我去爬柴，爬柴不夠燒，爹爹把我頭上打一包。」這首作品具有濃鬱的桐城民間生活情趣。

歌詞獨特的五句型是桐城民歌歌詞的一大突出特徵，它的起源可追溯至唐代甚至更早，其文學胚胎有楚辭、漢樂府的元素和印記。民歌題材大多為口耳相傳，語言樸實無華、通俗易懂，也有少部分唱詞典雅講究韻律。歌詞五句頭格律的核心是強調詞體的主題、擴充四句的詞意，給下文留下無限遐想，給音樂旋律的發展擴展了空間。

如《人意相投共枕眠》「荷花愛藕藕愛蓮，花兒香來藕兒甜，荷花愛藕絲縷縷，藕愛荷花朵朵鮮，人意相投共枕眠。」這首五句詞充分表現人們對真摯愛情嚮往和追求，第五句點題並加強了詞音詩意「人意相投共枕眠」。又如《天大地方連天片》「太陽起山紅滿天，蒸蒸大地生紫煙，小田插得團團轉，大田插得邊到邊，天大地方連天片。」這首五句詞是勞動人民的心聲，是插田農耕「團團轉」「邊到邊」的場景實述，第五句為點題加強提高境界的「天大地方連天片」。

獨具個性的桐城方言詞彙是桐城歌的特色，它增強了桐城歌的形象色彩、感情色彩和口語色彩，使韻律更具個性特色、流暢上口。詞彙的形象色彩是方言詞彙給予的一種形象感，並非宏大的敘事，或許是人物亦或是一個小小動作，如桐城歌《小老奶奶強拽拽》「小老奶奶強拽拽，拽點油鹽炒芥菜，芥菜酸、炒蘿蔔，蘿蔔辣、妙野鴨，鴨生蛆、炒仔雞，仔雞叫、炒麥泡，麥泡香、炒芝麻。」這裡的「強拽拽」指的是老奶奶身體硬朗能幹，類似還有「精拽拽」、「嫩拽拽」等形象色彩詞彙。

詞彙的感情色彩是詞彙中所包含的褒貶色形，如「郎哥心刁口吃靈，再把八景說我聽，桐城八景何處在，幾處損壞幾處寸，還自何處未出名。」這裡的「刁」為褒義，表示郎哥心靈手巧。所謂口語色彩主要是指桐城歌詞彙韻律的流暢性，如「村前唱起黃梅調，小伢自蹦又自跳，老奶奶跑得一個掃，老爺爺笑得鬍子翹，姑娘小夥早在前臺駐了號。」這裡「一個掃」是指人物急切渴盼

的心情由此著急的動作狀態。此外，還有「罵」人講成「喧」人等。以下從不同的角度例舉部分有特色個性的方言詞彙，同時用普通話詞意進行注釋，供學習桐城歌使用。

　　耐老兒（那傢伙）

　　明後朝（明天或後天）

　　把婆家（許給婆婆家）

　　照不照（行不行）

　　心裏嘈（心裏嘔氣）

　　孬不孬（傻不傻）

　　風火雷（速度快）

　　瞼皮消（臉皮薄）

　　馬虎（草率）

　　喧人（罵人）

　　燒鍋的（老婆）

　　住了（堵塞了）

　　好長？（有多長？）

　　上晝下晝（上午下午）

　　跟人（嫁人）

　　發狠（努力）

　　困覺「告」（睡覺）

　　街「該」（街邊）

　　扯謊（說謊）

　　小伢（小孩）

　　丈人（岳父）

　　六穀（玉米）

　　蹲在（住在）

　　踢球（貼球）（與安慶它幾個區域方言類似但也有自身的個性）

　　桐城處於皖中江淮地區南部，屬於吳楚文化的結合部。桐城方言屬江淮官話洪巢片，也有贛語方言因素，帶有很多古聲的元素。如入聲不分陰陽，依古聲調而濁聲母變清，不分尖團音，後鼻音少，韻母變化比現代的普通話豐富。特別是在與安慶方言中心地帶安慶城區交流時，桐城方言的很多四聲五

音已被舞臺所淘汰，如很多的咬字「昂、揚」不分，很多的平舌音發音成捲舌音，但方言總體風格性的「秀慧、細膩、柔和、智巧、素雅」等因素仍然存在。民謠桐城歌與文學桐城派文學堪為桐城雅俗文學的雙子星座，一是以清明理學、古文學的雅文化傳統，一是以情感文化為中心的具有民間體態特徵的俗文化傳統，兩者都以文字的形式記載流傳。

二、桐城歌音樂概述

桐城歌以韻文式的民謠文字為主，附於桐城歌的曲譜和音像記載相對來說少之又少。禮教傳統中歌為妓，云為尚，因此桐城歌記載的云吟即朗誦為多，誦與唱結合的歌曲也有少部分，從現有帶曲譜的桐城歌來看，其個性與特色主要表現在以下方面：

1. 因地理位置同屬安徽皖西南，方言咬字四聲五音同屬江淮方言系列安慶方言語族，因此桐城民歌也是在安慶方言基礎上產生的音調，具有安慶民歌的相同的基本音調——基音。

2. 因地理位置在安徽皖西南中間，與合肥、舒城、廬江接緣，該地的文化、經濟、生產勞動、生活受這些邊緣地區影響，因此桐城歌中的文字和音調，有一些還帶有廬劇味的成份，仔細聽來一部分桐城歌是黃梅戲和廬劇風格的雜交產物。

3. 歌的題材多見於小調、勞動號子、風俗禮儀等。

4. 歌的體裁多見於獨唱、幫唱、說唱類。

5. 歌的節拍以四分之二拍、四分之四拍為主，有少量的四分之三拍及兩種以上交替拍，還有一部分是自由散板節奏（大多產生在即興演唱的山歌牛歌中），強拍起音多，弱起節拍與切分節拍的較少。

6. 調式以徵調式居多，其次是吳頭楚尾與本地結合的宮調式。也有一部分商調式，羽調式偏少，角調式幾乎沒有，另有少量的調式交替曲目，旋律音程多以三度、四度進行為主，上下大跳的進行很少，多以四聲、五聲音階為骨幹音，清角音 FA 和清音 SI 很少出現。

7. 音調旋律總體反映本土人文的中庸之道、四平八穩、優美雅致的黃廬風格效果。

8. 與安慶地區中心地帶基音相同。

譜例 3-76：桐城民歌《打字謎》（又名「天下太平四個字」）

打字謎

桐　城
刘 凯 记

二人打架不出　头，丁字无构反　踢（贴）球　一人單把那绣　球
踢　来，干字樹上结石榴，天下太平四个　字　朋友猜到着要坐知　州。

　　這是一首五聲 SOL、LA、DO、RE、MI 徵調式曲目，基音主題樂句和旋律進行的骨幹音是樂曲的最後兩小節，上主音 LA 和主音 SOL 交織進行，似有兩調交替的風格。歌詞為六句體（安慶中心地帶的歌詞韻法），與安慶基音中心地帶懷寧、望江基本吻合。全曲六句詞「二人打架不出頭，丁字無鉤反踢（貼）球，一人單把那繡球踢，幹字樹上結石榴，天下太平四個字，朋友『猜到著』（安慶市方言）要坐知州。」六句歌詞六個樂句，是規律的起承轉合結構。

　　第一樂句三小節落主音 SOL 為起句，第二、三樂句六節也落主音 SOL 為承句，第三、四樂句為四小節落在上二度 LA 音上為對比性轉句，突出強調第三句歌詞「幹字樹上結石榴，天下太平四個字」，第五樂句三小節落主音 SOL 為終止句。音域有九度，音程在三、四度進行，曲調完整規範、優美抒情。類似的曲目還有，《砸掉扁擔丟掉柴》、《正月梅花朵朵開》、《四季花開》、《有錢難買少年時》等。

譜例 3-77：桐城民歌《十里亭》

十里亭

（桐城）刘 凯采集

十二月娇姐　想亲人哪　想郎想着　昏沉沉哪
走路的大哥　搭一个信哪　搭把我张郎　小书生哪。

該曲是採用安慶基音手法四度行腔的桐城民歌，此類曲目還有《慢趕牛》、《搖籃曲》等。這三首民歌都體現了桐城歌的安慶特色，以骨幹音為五聲 SOL、LA、DO、RE、MI 徵調式曲目，旋律音程都是按純四度（LA-高音 RE、高音 DO-SOL）進行。《慢趕牛》是以四分之二拍和四分之三交替的山歌散板形式，《十里亭》是以四分之三節奏進行，《搖籃曲》以四分之一節奏搖籃曲形式進行，曲調共同的風格是簡潔明朗、抒情優美，顯示安慶地區方言的四聲五音特點。

三、調式交替和不完全終止技法

桐城歌申報國家級非文化遺產的文錄中，層闡述「桐城歌是安慶黃梅戲的乳娘」，但文本僅從題材、歌詞及形式方面的相似闡述較多。如從音樂基因來鑒定其乳娘成份，還應從桐城歌旋律曲調音樂內涵的調式調性層面來予以鑒別，深剖其調式結構和曲式規律銜接的方法。

調式交替是桐城民歌的重要技法。在一個曲調內按一定規律，從一個情緒風格轉入另一種情緒風格，使用兩個不同的調式結構手法完成一首曲調的旋律，這中手法拉開了曲調發展的情緒空間，可從一段體發展成多段體、說唱故事甚至交響樂，聽覺上是音樂旋律起伏大跌宕，感覺上是情感體驗變化豐富。桐城民歌音樂上流傳下來的這種技法與桐城深厚的文學底蘊不可分割，下面舉例三首不同調式結構的桐城歌進行論證。

1.《四季花開》旋律為羽 LA 調式和徵 SOL 調式的交替，黃梅花腔小戲很多唱段中的轉調來自於這首曲目。

2.《鬍子蒼蒼也唱歌》旋律是宮 DO 調式結束落在主音上方二度 RE 音上的不完全終止曲目，也是黃梅戲男平詞唱腔發展轉換的一個重要的特色常用手法，這是許多桐城民歌的內涵技法。

3.《啞謎歌》是角 MI 調式和徵 SOL 調式交替的曲目，黃梅小戲《夫妻觀燈》中的部分音樂和唱詞的交替轉調也來自這首桐城歌。

《啞謎歌》（譜例 3-78）是一首五聲 MI、SOL、LA、DO、RE 角調式和宮調式交替的二段體民歌，主題樂句為第一和第二小節，多次反覆貫穿第一段體 A 段。第一句歌詞「小小嗒哥子哎，哎，叫我怎樣啥」第一樂句六小節，把角調式的調性關係完全展示出來 RE-DO-MI-LA，主題高亢完整。下面三句唱詞三個樂句，十八小節，是主題音樂的再現變化發展。

譜例 3-78：桐城民歌《啞謎歌》

啞謎歌

桐城　胡延瑞　唱
刘　凯　记

「打一個啞謎子你猜猜快快叫上來，清水塘裏有個癩蛤蟆張著嘴來，呀著牙捉又不敢捉拿也不敢拿」這是敘述故事的開始，以四分之二強弱節奏和說話式的一字一音把謎語打開道來。第二段體二個樂句音樂轉入宮調式旋律來揭謎底，曲調用主題樂句按宮調屬音 SOL 和主音 DO 輪流穩定出現，顯得第二段體音樂明亮大氣，與第一段體形成了明顯旋律和情感色彩對比，達到解開回答謎底的效果。

　　此曲主題的發展採用了男女聲先後進入的交錯（有卡農多聲部輪唱效果），適合挖掘編配發展為二聲部結構，這也說明桐城歌有多聲部發展的內在

潛質。二段體調式性的獨特轉換，音高從 C 轉到平行四度 F 彰顯全曲的完整對比。歡悅輕盈的節奏、自然平實的 DO 音和詼諧俏皮的情趣等是吳頭楚尾和本地結合的宮調式。該曲作為桐城民歌典型代表，在央視《星光大道》節目中受到關注。

四、桐城歌《三人獨佔一條街》分析

譜例 3-79：桐城民歌《三人獨佔一條街》

三人独佔一条街

桐城 胡延瑞 演唱
刘 凯 采集

該曲為二簧調，歌詞的襯詞結構劃分為：（咋個啦）無事一個（啦）上街（呀）（哎嗨哎咳哎咳咳），遇到（個）劉備就又賣草鞋，張飛（呀）殺豬一個（啦）代弔酒（呀），啊哈啊哈哎咳哎咳哎咳咳，云長手捧（哎）就把豆腐賣（呀），（噢荷噢呵噢呵呵呵）豆（噢）腐就賣（喲），（噢呵呵噢呵呵呵），三人獨兒（囉噢呵噢呵噢呵呵呵）獨佔羅一條街（囉呵呵呵街囉噢呵噢呵呵。）歌詞寫的是梁山好漢劉備、張飛、關雲長三人，賣草鞋、弔酒和賣豆腐獨佔了一條街。全部用桐城方言字和唱詞緊密連結，「哎咳咳」、「啊哈啊哈」、「噢呵呵噢呵呵」是桐城人講話中常用的語氣詞，具有濃厚的生活氣息和鄉土特色。

　　該曲是一首五聲 LA、DO、RE、MI、SOL 徵調式民歌，曲調骨幹音走向基本在主音 SOL、屬音 RE 和上主音 LA 上進行。全曲邏輯緊密，曲式結構是三段體 A＋B＋C 結構：一到十三小節為第一段體，音樂主題樂句是樂曲開始的前四小節，主題的七度大跳將全曲音樂奠定了大方的基調，為映襯人物豪放的形象。刻畫劉備賣草鞋的十四到三十七小節為第二樂段，是第一樂段主題的再現和發展，特別是多次出現屬音 RE 的樂句，表現人物在繼續介紹，音樂在不斷發展變化。刻畫張飛和關雲長弔酒和賣豆腐的三十八到四十七小節為第三樂段，總結點題性的唱詞「三人獨佔一條街」，音樂骨幹音在上主音 LA 和主音 SOL 間進行，低音 LA-SOL 的七度大跳前後呼應，使曲調有再現主題和有變化的結束性效果。該曲從歌詞的結構，到方言襯腔襯詞的運用，再到曲調的共性和個性，尤其能總結和代表桐城民歌的特點，是桐城歌的代表作之一。

小結

　　通過上述大量的具體譜例分析，總結出安慶民歌（含安慶城區、懷寧、望江、太湖、岳西、潛山、宿松、桐城）以下的共性與個性特徵：

　　共有特色相似的安慶官話（皖西南方言）；共同的主題基本音調（基因）；旋律共同的三度行腔、四度行腔；曲調共有的調式交替技法；旋律落音在主音上方二度的共有不完全終止；安慶城區、懷寧、望江、太湖是安慶基音的中心地帶；岳西民歌是安慶基音與青陽腔餘脈的產物；潛山民歌是安慶基音與岳西民歌的交織；宿松民歌是安慶基音與湖北江西民歌音樂的融生；桐城民歌是安慶基音與桐城派文學融合的產物。

第四章　安慶民歌與皖西南戲曲音樂關係研究

　　皖西南通常就是指位於皖鄂贛三省交界處的安慶市，作為國家級千年歷史文化名城和百年省府，安慶地處長江下游北岸，西接湖北，南鄰江西，西北靠大別山主峰，東南依黃山餘脈。吳頭楚尾的地理位置，促成了該地文化具有過渡性和混合性的特點。安慶是黃梅戲發展成熟之地，京劇鼻祖徽班成長搖籃，享有「戲劇之鄉、京黃故里、戲曲聖地」等美譽。曾經歸屬於安慶地區的池州（「戲曲活化石」儺戲的屬地）、銅陵和樅陽（樅陽腔／吹腔的屬地）都與安慶的行政區劃有過多次的分合，現已不屬安慶管轄，但其文化藝術屬性仍是一脈相連。

　　雖然皖西南安慶地區音樂文化資源豐富，但一直以來的相關研究聚焦於當地興旺的戲曲藝術，鮮有關注民歌領域。作為戲曲大省，安慶民歌與戲曲音樂的關係內涵值得深入發掘，以大量基於田野史料的民歌譜例曲目為切點，通過音樂內部形態的結構剖析，展示二者之間的血緣親脈之關係，可以清晰地呈現民歌─曲藝─戲曲之間中國傳統音樂發展的歷史脈絡。

　　安徽之名取自安慶府（現安慶市）與徽州府（現歙縣）的首字合稱，作為戲曲藝術的繁盛之地，安徽最具影響力的第一代聲腔劇種是明代青陽高腔，第二代是徽劇，第三代是黃梅戲，這三個劇種都與皖西南安慶密切相關。按今日的行政區劃，安慶市現有八個地方特色及稀有劇種：國家級非遺黃梅戲、岳西高腔、宿松文南詞，省級非遺潛山彈腔、太湖曲子戲，市級非遺懷寧夫子戲、懷腔、龍腔，以及與音樂相關的國家級非遺（文學類）桐城歌。而作為民間音

樂的母體源流，長期處於被忽視甚至未知境遇的安慶民歌便是當地這些繁茂深厚的戲曲音樂的生發土壤。因為，安慶民歌的基音和共有特色是黃梅戲、岳西高腔、潛山彈腔、宿松南詞、懷寧夫子戲、太湖曲戲子唱腔音樂的發展根基。

黃梅戲於 2006 年被評為國家級非遺項目，有將近二百年的起源發展史。清道光年間，就出現有「兩小戲」、「三小戲」。安慶市區現有專業黃梅戲院團九個，民間職業黃梅戲劇團十二個，民間非職業黃梅劇團和各種班社近五百多個，遍及安慶市所屬各縣市區鄉鎮，家家能唱黃梅戲，人人都會黃梅調。懷腔是市級非遺項目，起源於以懷寧石牌為中心的皖河流域兩岸的周邊鄉鎮，有一百多年的歷史。潛山彈腔是省級非遺項目，又名老徽調，也稱京劇母體藝術，以潛山為發源地以皖河地域為活動帶，在潛山出生長大的京劇鼻祖程長庚，吸收了本地彈腔曲調基因，把三慶班帶入了北京，經不斷浸潤融合，孕育出了國粹京劇。

岳西高腔是國家級非遺項目，流傳在岳西大別山地域有四百多年的歷史，具有較高的藝術和歷史價值，風格古樸雄渾與典雅清新兼具，其中明代青陽腔的滾調風格突出，承襲一唱眾和、鑼鼓伴奏、唱幫打一體的演唱傳統。文南詞是國家級非遺項目，在安慶宿松及周邊省市縣流傳三百多年，主要聲腔是文詞腔和南詞調。

懷腔和夫子戲是市級非遺項目，俗稱府調、懷寧調，是懷寧本圖形成的戲曲腔調。曲子戲是省級非遺項目，主要產生流傳在太湖縣及周邊地區，起源於明代移民帶來的弋陽腔，演唱形式為圍鼓坐唱和走唱，用太湖方言演唱，五至八人的一唱眾和，樂器有小鑼、大鑼、鐃、鈸、牙、鼓（扁鼓、堂鼓）、馬鑼等，演唱內容多為喜曲部分，包含來自五大南戲和目連戲有關的內容。龍腔是市級非遺項目，產生流傳於望江縣一帶的龍派黃梅戲唱腔，起源於清同治年間。

第一節　安慶民歌與黃梅戲

二十世紀三十年代黃梅小戲《打豬草》、《鬧花燈》到上海等大城市演出，帶著鄉土芬芳的民歌小調轟動上海大世界。二十世紀五、六十年代，在以時白林為代表的專業音樂工作者參與改編創作，以嚴鳳英、王少舫表演藝術家的領銜主演，黃梅戲《天仙配》、《女駙馬》、《天河配》等優秀劇目搬上銀幕，在全國全世界名聲大噪，一舉進入全國人民喜愛的五大劇種之列。詠唱性極強優美動聽的黃梅戲唱腔，無論是花腔、彩腔還是主調大段唱腔，都具備一種清新鄉

土的唱腔韻味。這種風格其實源於生活中產生的民歌，雖然並不被大多數人所瞭解，但它仍以極強的生命力在戲曲唱腔音樂中存活。民歌音樂是戲曲音樂的基因，安慶民歌也是黃梅戲唱腔音樂的源流。

　　黃梅戲理論、編劇、音樂家王兆乾在《黃梅戲音樂》中記載：「我曾經先後到過黃梅戲流傳的許多縣城，如石牌、桐城、岳西、潛山、太湖、望江、宿松、至德、東流、青陽、貴池、銅陵等地……；花腔戲唱腔的組成來自民歌小潛山，正本戲唱腔的組成，來自說唱音樂，黃梅戲的發源和成長地帶，也正是過去高腔和道情的流傳地帶，黃梅戲的主要唱腔平詞，過去就是農村中說唱的曲調……」。〔註1〕

　　黃梅戲作曲家、時白林在《黃梅戲音樂概論》中記載：「黃梅戲傳統唱腔的一百多首花腔曲調中，很多都和安徽安慶地區的民間歌曲保持著非常密切的聯繫。有的還保持著與民歌相同的曲名，但旋律已不完全相同或完全不同了，有的是曲目雖不同，但旋律大致相同或完全相同，在農村還被廣泛地傳唱著」。〔註2〕王兆乾和時白林是當代黃梅戲音樂領域最有代表性的人物，他們在編創部分黃梅戲唱腔的過程中，也運用改編和發展了大量的安慶民歌。

　　本章節以集成時代保留的田野調查安慶民間音樂一、二兩冊與黃梅戲部分花腔、彩腔、主調唱段為藍本，用音樂理論和作曲技法對安慶民歌音樂本體進行分析提煉，將總結出來的安慶民歌音樂本體共性的八類技法，即有特色的安慶方言、徵調式的主題動機樂句、旋律的三度與四度行腔、吳頭楚尾的安慶宮調式結構、商調式與黃梅戲花腔和陰司腔的共性、民歌對唱與男女對板的淵源、曲調的調式交替技法、曲調的不完全終止技法等，以此為基點進行民歌與黃梅戲部分唱腔的縱橫比對，梳理歸納兩者之間共性與個性的親緣關係。這些技法內涵在皖西南戲曲音樂中均有深刻的影響和不同程度的體現，是民歌作為戲曲音樂母體源與流的例證。

　　民歌與戲曲最明顯的關聯，是戲曲唱腔對民歌的直接搬用。以安慶影響力最大、最重要的劇種黃梅戲為例，時白林將其分為花腔、彩腔、主調（平詞、火攻與八板、二行、三行、仙腔、陰司腔）三個腔系。黃梅戲在高腔和道情的流傳地帶發源成長，一百多個花腔小戲的小調大部分來自民歌，正本戲唱腔多源自說唱音樂。黃梅戲傳統劇目中約有五十多個兩小戲、三小戲的獨角戲，這

─────────────

〔註1〕　王兆乾，《黃梅戲音樂》，安徽文藝出版社，1984年，第2頁。
〔註2〕　時白林，《黃梅戲音樂概論》，人民音樂出版社，1989年，第26～27頁。

些反映民俗生活的劇目大多沒有或少有道白，唱腔、襯詞、襯句多直接搬用民歌，後逐漸豐富發展，此類多為花腔小戲。其曲調與安慶民歌關係密切，兩者之間有名同曲同、名異曲同、名同曲異等三類關聯。

一、名同曲同的民歌與黃梅戲音樂

譜例 4-1：安慶地區民歌《十繡》

譜例 4-2：黃梅花腔小戲《繡荷包調》

黃梅花腔小戲《繡荷包》裏的小旦、小生三段唱腔都是由安慶地區民歌《十繡》改編而來，民歌和戲名相同都叫《繡荷包》，唱詞格律是 5＋5＋9 三句式，與襯詞、襯腔基本相同，同為徵調式結構，主題、骨幹音、旋法也基本雷同。

二、名異曲同的民歌與黃梅戲音樂

黃梅戲的唱腔與安慶民歌曲調，有相當一部分雖然曲名不一樣，但曲調結

構、旋律進行、曲調風格上大同小異。如，正本戲《雞血記》中的〔梳頭調〕，在潛山、太湖等地的民歌叫《乾嫂子》。如，黃梅花腔小戲《鬧黃府》中的〔十不清〕（又名〔十不全〕，在望江、宿松等地的民歌叫《紅繡鞋》，在桐城民歌裏叫《五更調》。如，黃梅花腔小戲《打紙牌》中的〔打紙牌調〕，在懷寧民歌裏叫《正月初一拜新年》，在岳西民歌中又叫《十杯酒》，黃梅戲唱腔叫《十不清》等。

譜例 4-3：黃梅戲〔十不清〕、民歌〔紅繡鞋〕、〔五更鼓〕三首比對

【十不清】、【红绣鞋】、【五更鼓】联谱例

　　這三首曲調，各地曲名都有不同的標記，唱詞上懸殊較大。〔十不清〕是不對稱的上下句，〔紅繡鞋〕和〔五更鼓〕是兩種不同形式長短句的三句式，都採用不同的襯詞和襯句手法，使三者曲調樂句幾乎相等。曲調結構上三者都是五聲徵調式，旋律進行、節奏、節拍以及樂曲表現的情趣和風格基本相同。

　　黃梅戲的傳統劇目中，約有五十多個屬於兩小戲、三小戲的獨角戲，這些反映民間生活與愛情的劇目，大多是沒有或有少量道白，其唱腔直接從民間歌曲中搬用，日久之後才逐漸改動、豐富和發展。特別是黃梅戲的部分花腔小戲曲目，多數襯詞襯句直接從民歌裏套用。類似的還有，望江《補褙褡》（名詞同曲異）、《開門調》（襯詞與黃梅戲《夫妻觀燈》相同）、岳西《補背褡》（名詞同曲異）、《鬧花燈》（岳西）（名詞同曲異）等。

三、安慶方言與黃梅戲道白

　　源於湖北黃梅的黃梅小調，進入安慶之後很快擯棄了湖北發音，與安慶方言融合迅速發展成為全國性的大劇種——黃梅戲。黃梅戲兼用安慶話聲調系統和「中州韻」話（近似京劇）聲調系統，其中道白的發展順序為安慶母語——民歌方言——黃梅戲道白。

　　目前定格的黃梅戲舞臺小白、官白、韻白都是在安慶方言基礎上改良發展後的安慶官話，它的四聲、五音及十三韻都保留著安慶土語方言的根基和發音。京劇鼻祖程長庚曾將安慶方言帶到徽劇、京劇唱腔（例如京劇中的走「出」、讀「書」的「書」等都是地道的安慶方言），黃梅戲表演藝術家嚴鳳英用安慶方言的咬字韻味，演唱了大量膾炙人口的黃梅戲女腔，創造與奠定了黃梅戲女聲唱腔韻味和風格。

　　在黃梅戲界有一個標記性的不成文認定，即講和唱安慶方言才是地道黃梅戲的象徵。安慶民歌是產生在安慶方言上的旋律，田野調查中的民歌歌詞和方言注釋是地道的安慶土語，其中許多方言幾乎原封不動地用在黃梅戲唱詞中。分析部分安慶方言中豐富的語尾助詞、生動的感歎詞和誇大聲調的語彙，可以發現這些都使句法結構中具有自然性的句式聲調旋律起伏線。

1. 語尾的助詞	時間不早了——（了啊）
	你快去（啥）
	你好好地的講（嘛）
	天都黑（了喂）

		燈來（著）
		你不講（念「敢」）還好（些）， 你要講（哪）我一肚（念「斗」）子氣（唻嗨）
		你這個老幾（呀），看燈就看燈（買）， 麼事要把兩個眼（念「安」）睛看著我老婆（塞）
2. 風趣的感歎詞		嗟（姐），真把人急死——（著）
		啊嗟，親——家來著呵！
		呵和，籮裏揀（筒）瓜，越揀越差
		乖乖隆的冬！許多——呵
3. 誇大聲調的語彙		你講麼東——西呵 （音調「東」向上揚下滑至「西」）？
		麼事啊？你講他——哇 （音調「他」向上揚、下滑至「哇」）
		那個人吶，到底是個麼樣——子殺
		麼—話呵！你講我不曉得——呵？
		我是假馬（故意的意思）——的講囉
4. 有個性的語彙、詞彙		「麼落裏」是「什麼地方」
		「扯謊」是「撒謊」
		「調一個」是「換一個」
		「不照」是「不行」
		「要麼緊」是「不要緊」
		「麼會」是「什麼時候」
5. 念法特殊的字		「街」念成「該」
		「鞋」念成「孩」
		「六」念成「樓兒」
		「孩子」念成「額啊子」
		「底下」念成「斗哈」
		「睡覺」念成「困告」
		「落下」念成「臘下」
		「哥」念成「鍋」
6. 一字多音		「家」作主語用念「嘎」
		「家」當賓語用念「加」
7. an、ang 不分		「朗」念成「蘭」，「江」念成「堅」等

　　這些是現在安慶人說話的口頭禪，存在於幾乎每首安慶民歌的記錄和演唱中。安慶方言的句式音調常遵循上揚和下滑的四度規律走向，以圖表中例舉的部分感歎詞和語彙為例，一個句式中的音調逐步上揚，至重點表達的咬字時會特別強調加重、拖長和上揚至最高音位，最後迅速下滑落音收尾。

　　將這種本地語言風格置換成音樂語彙，便與徵調式主題樂句走向一致，音樂與語言的關係由此可見一斑。王兆乾對源於民歌的黃梅戲代表性花腔小戲《打豬草》進行比對時，分析出該曲從湖北黃梅至安徽安慶的曲調演變，是在語言語音的變化下從湖北的羽音 LA 自然過渡為安慶的徵音 SOL，這正是遵循了方言的規律。在黃梅戲的基本語言，特別是在「小白」裏都使用這種咬字的聲腔調語，因此才具備了黃梅戲的風味。安慶方言土語、安慶民歌咬字以及黃梅戲道白唱腔語言是同出一轍的共性語音，母語方言亦是安慶民歌和黃梅戲唱腔的源流。

四、徵調式主題動機的民歌和黃梅戲音樂

　　安慶地區民歌以徵調式和宮調式居多，尤以徵調式曲目簡單抒情的特色獨具一格。前文提及，徵調式主題動機樂句最早與方言字調相關，在安慶民歌中成為最具代表性的基音特徵，並被年輕的黃梅戲所吸收提升，作為黃梅戲花腔、彩腔以及一些主調中常用的動機和主題發展的結構形式，這也成為皖西南戲曲音樂的標誌性內涵之一。

　　廣為流傳的黃梅戲花腔小戲《藍橋汲水》（又名《藍橋會》唱工戲），為旦角唱腔。該曲取自安慶望江民歌《撇芥菜》，行腔流暢優美極具黃梅戲特色，旋律結構具備了代表性的基音，即徵調式主題動機樂句的特徵。《藍》如此地流行，以至於人們對原來的民歌《撇》幾乎沒有瞭解。在後來出版的多部安徽民歌曲譜中，甚至將黃梅戲《藍》直接歸類為安慶民歌，這樣的情況還出現在黃梅戲《遊春》（菩薩調）曲目當中。

　　黃梅戲《藍》和民歌《撇》同為徵調式，結構是 A＋B＋A。主題動機樂句從調式、調性、旋律、節奏、四小節句型幾乎相同，起句同落屬音 RE，為舒展性樂句。樂句轉換部分的字音加快一倍節奏，用跳躍的情緒與前面行成對比，最後樂句再現主題樂句 A 段。

譜例4-4：黃梅戲花腔小戲《藍橋汲水》（又名「杉木水桶」）

蓝桥汲水

（女声独唱）

安庆

譜例 4-5：望江民歌《撇芥菜》

安庆地区望江民歌撇芥菜

阿　晶　梓　演唱
魯鵬程魯敬之　記譜

兩首旋律都有風格性的七度上行大跳和八度下行大跳進行，以及相同情緒的襯詞。襯詞與襯腔的音樂節奏也完全相同，可以看出《藍橋汲水》直接取自《撇芥菜》。

不同之處為，落句的旋律和調性稍有差異。《撇》為五聲徵調式，《藍》加變宮 SI 音為六聲徵調式，增強了表演情緒的需求，曲調更符合人物舞臺的表演化，但調式調性結構與終止都一樣。

同為四句歌詞表現的主題內容也不同，一為寫意一為寫實。襯詞從民歌的「囉哩囉嗦」發展改編為黃梅戲的「辛唉溜唉溜郎兒唉」，具有明顯的表演化添加，是取其原樣的筋骨使詞意因題材不同相異。這首民歌改編成黃梅戲曲調之後，改動不大但更為精練流暢。除了《藍橋汲水》，這首民歌也出現在黃梅戲串戲《大辭店》的一折戲中，名稱就是相同的《撇芥菜》或《打菜苔》。

類似的徵調式主題動機和民歌相同的黃梅花腔小戲有，《郎對花姐對花》（《打豬草》選段）、《遊春》等。民歌曲目有，安慶城區民歌《十二條手巾》、《山歌本無句句真》；懷寧民歌《女工今昔》、《搖搖搖》、《娃要困覺》、《油菜花開》；望江民歌《打硪號子》、《口唱山歌手插秧》、《開小店》、《採花》；岳西民歌《採花》；潛山民歌《童養媳自歎》、《大腳歌》；宿松民歌《遊江》；桐城民歌《天下太平四個字》、《砸掉扇擔丟掉柴》、《十里亭》等。此類安慶民歌和黃梅戲唱腔音樂共同的動機和主題發展的曲目遍布安慶所屬的每個區域，這

些耳熟能詳的優美曲調幾乎成為目前黃梅戲聲腔標誌性的音調。

五、調式交替技法的民歌與黃梅戲音樂

　　一首曲目使用兩種或兩種以上的調式交替進行發展旋律，目的為豐富音樂層次體現音樂變化。當表現戲曲人物內心世界複雜情感變化時，該技法的作用更為突出。

　　調式交替有四種基本方式：轉調式又叫調式轉換，是音樂從一個調式轉到另一個調式，兩者都有明確的主題和終止，一般新調陳述段落較完全。暫轉調是臨時性的轉調，由原調轉入新調後即這回原調，轉調時原調特徵消失，出現新調較完整的調式特徵，但不必有明確的終止式。調接觸相比暫轉調更短暫的調式交替，是在原調的基礎上出現別的調式特徵音，但不一定具有完全終止式。調融合是兩種以上的調式交替出現，新調特徵出現時原調特徵並不消失，二者融合在一起組成新的調式。

　　田野調查中發現調式交替是安慶民歌的重要音樂技法，曲目有城區民歌《繡花舞曲》（徵羽交替）；望江民歌《趕雞》（宮羽交替）、《春季裏》（羽宮交替）、《送郎一條抹汗巾》（徵羽交替）、《新八摺》（角徵交替）、岳西民歌《妹勸郎》（羽宮交替）、《慢趕牛》（羽徵交替）、《啞迷歌》（角宮交替）等。調式交替結構曲調的花腔小戲有：《夫妻觀燈》（「正哪月呀十啊五」角宮交替）、《誰料皇榜中狀元》（《女駙馬》選段）（羽宮交替）等。

　　調式交替進行的民歌曲目比重較大，同時也是黃梅戲曲調發展的重要手法。它被採用在黃梅戲花腔小戲、彩腔、主調音樂的各個領域中，對用戲曲音樂用來表現劇情故事和人物內心世界的變化起著重要作用。

　　1. 調式交替──轉調式

譜例 4-6：岳西民歌《妹勸郎》

妹劝郎

（岳西）徐东升记谱

譜例 4-7：黃梅戲〔開門調對板二〕(《夫妻觀燈》)

开门调对板二
（《夫妻观灯》玉赛、王小六唱段）

二曲的共同點為：

（1）都屬於調式交替的轉調式，宮 DO、羽 LA 調式交替曲目。歌詞都為五句，《開》曲第一句「東也是燈」和《妹》曲第一樂句「勸我的郎要小心」都落音在羽調式主音 LA 上，《開》曲第二樂句也落在羽調式主音的 LA 上，《妹》曲第二樂句「莫把妹子掛在心」，落在宮調的屬音 SOL 上。《開》曲第三樂句「南也是燈」落音在羽調式主音 LA 上，《妹》曲第三樂句「心中老把老妹想」，落音在宮調式屬音 SOL 上。《開》曲第四樂句「北也是燈」落音在羽調式主音 LA 上，《妹》曲第四樂句「想起小妹妹病沾身」，落音在宮調屬音 SOL 上。《開》曲第五樂句「四面八方鬧哄哄」落音在宮調主音 DO 上結束，《妹》曲第五樂句「我的哥我的郎、你的事情乖妹妹知」落音在宮調主音 DO 上結束。

（2）兩首兩個調式的骨幹音，始終在羽調式主音 LA 和屬音 MI，宮調式主音 DO 及屬音 SOL 上進行，使曲調優美平穩。

（3）兩首都是嚴格的徵、羽兩樂段前後整體交替，明顯地使旋律達到對比效果。

（4）兩首都是同一調性軌道上規范進行的曲目，民歌和黃梅戲動機主題都是第一第二小節，動機主題幾乎一樣。兩首曲目的動機主題和旋律的前四樂句，始終在羽調式主音 LA 和宮調屬音 SOL 上交替進行。直到最後兩個樂句，旋律轉向宮調式的屬音 SOL 和上主音 RE 最後落音在宮調式的主音 DO 上，達到一個意想不到的情緒終止，二曲都由同樣的一個主題動機和旋律按調式交替技法完成。從形式上，黃梅戲套用了民歌，從內涵上分析，黃梅戲是採用

了民歌的調式交替技法。

　　二曲不同之處為：《妹》曲歌詞題材是愛情小調，曲調偏抒情說教。《開》曲歌詞主題是表現觀燈場面，曲調偏明亮歡快，樂句中間加了民間鑼鼓，使曲調增強人物的舞臺表演性。兩首歌詞不一樣，全曲長短結構也不相同。民歌《妹勸郎》曲調結構較原始，不穩定音和樂句進行反覆較多，旋律囉嗦並不利索。黃梅戲《開門調對板二》的詞曲更為精練，加上鑼鼓更富有表演性，把民歌的精華發展貫穿在黃梅戲唱腔上，如此也也充分顯示民歌在先、戲曲生長在後的規律。

　　另有黃梅戲唱腔〔正月十五鬧元宵〕《夫妻觀燈》也採用了相同的技法，該曲是一首角 MI 宮 DO 交替曲目，曲調前四個樂句都是在角調式主調 MI 上進行，到後三個樂句在宮 DO 調式屬音 SOL 和上主音 RE 上進行，最後穩定地落音在宮調式主音 DO 上。

2. 調式交替──調融合

譜例 4-8：黃梅戲《誰料皇榜中狀元》

這是一首曲調結構為羽宮調式交替的調融合黃梅戲唱段,它從民歌《妹勸郎》的土壤中產生。兩個調式兩個主題,羽調式主題為唱詞第一句四個小節「為救李郎離家園」的旋律,宮調式主題為唱詞最後兩個小節「月兒圓哪」的旋律,最後結束落在宮調式主音上。兩個調式的主音和屬音、穩定音和不穩定音交織融合在每個樂句與樂段。不像前面兩首曲目中一個段落為羽 LA 調式,另一個段落是宮 DO 調式對比交替較為明顯,此曲將羽調式的主音 LA 和屬音 MI 和宮調式主音 SOL 和上主音 RE 完全融合在旋律中。

第一個樂句由羽調式骨幹音 LA 和 MI 進行旋律,結束在宮調的屬音 SOL上。第二樂句也是由羽調式骨幹音 LA 和 MI 進行旋律,最後落音在宮調式的上主音 RE 上。第三和第四樂句由羽調式的主音 LA 和屬音 MI 及宮調式上主音 RE 交替進行,最後落句落音在宮調式的主音 DO 上結束。此曲的主題動機是宮調式的落句小節,只有將它穩定終止後,才會有全曲前三個樂句的調式調性交替對比的明亮度和優美性,從而使曲調具有非常突出的獨特個性。

這首調式交替的優秀之作幾乎成為黃梅戲音樂的代名詞,也有眾多的黃梅調電影電視劇用此調改編發展。一首戲曲唱段像流行歌曲一樣受歡迎,是戲曲音樂界少見的現象,這也是民歌基因技法調式交替風格的再現。作曲者將戲曲旋律打造得上口像歌曲一樣,不加鑼鼓不用甩腔好學好唱,配合豐富的人物故事情節使曲目有血有肉廣為流傳。

綜上所述,戲曲的調式交替技法本來源於民歌,使用這種技法產生的黃梅戲唱段不計其數,是作曲家們常用的豐富戲劇內容的重要技術手法。

六、商調式民歌與黃梅戲花腔

黃梅戲一百多個花腔小戲的小調大部分源自安慶民歌,這些小調的結構技法豐富多彩,各有門道。其中也有一些來自周邊地域的民歌,但融入安慶的風土人情之後自然與安慶的本地民歌交融,調式結構內涵也發生了變化。

例如,商調式並非安慶民歌本土的原有因素,地理中的安慶處於「吳頭、楚尾、皖正身」的位置,作為百年省府,多種地域文化交融和過渡的痕跡在民歌中同樣存留下來。原本以徵、宮、羽調式為主的安慶民歌中大量湧現出外來的商調式內涵,使旋律色彩增強,曲趣風格與之有異,這也成為黃梅戲和宿松文南詞等板腔體音樂的營養。因此,商調式的延伸發展也反映出民歌與戲曲音樂內在演變的因素。

譜例 4-9：望江民歌《繡兜頭》（商調式）

绣兜头

（望江）魯鵬程 收集

譜例 4-10：黃梅戲《五月龍船調》（商調式）

五月龙船调

（《点大麦》小旦、小丑同唱）

胡瑞齡 演唱
时白林 记谱

兩曲比對：

（1）兩首曲目的題名和詞意完全不同。《五》曲是：正月是新年哪，家家戶戶過新年，呀子依子呀，過新年就把那新年過。《繡》曲是：奴家繡兜頭，上面繡一條黃龍游，這也是為情哥，就把兜頭來繡。但二者音樂表現的深層次情緒都是明亮活潑的表達，這也是商調式的特色。與《繡兜頭》類似的民歌曲目還有《新年》《紅繡鞋》、《推車燈》等。

（2）兩首曲目的動機主題樂句為各自旋律的第一第二小節基本類似，結束句則完全相同。

（3）兩首曲目旋律幾乎相同，按五聲商調式骨幹音規律走向進行，即LA、MI、SOL、DO、RE。二曲的主題都是穩定上主音 MI 和屬音 LA 及主音

RE 上進行，到了旋律中間部分都出現了不穩的下屬音 SOL，使兩首曲目出現了變化性的亮度。

（4）首先民歌《繡》以簡練的詞曲結構存在於民歌土壤中，後來的戲曲《五》增加了很多與詞意吻合的襯詞襯腔，拉開拉長旋律空間，使唱腔和表演更符合舞臺人物化的塑造，可看性更強，此為源流之規律。

七、商調式民歌與黃梅戲陰司腔的源流

黃梅戲主調之一的〔陰司腔〕和《天仙配》插曲〔五更織絹調〕保留了皖南目蓮戲和安慶岳西高腔常用的五聲商調式及其古樸感。在當代的黃梅戲的主調平詞、陰司腔（亦稱還魂腔）中，五聲和七聲商調式得到了進一步發展。商調式為主的唱腔佔據較大比重，多以深沉、悲傷、優美的風格為主，表現人物內心的情感起伏。因此，商調式也成為黃梅戲聲腔的核心調式之一。以安慶岳西高腔山歌《四季送郎》與黃梅戲〔陰司腔〕基本曲牌為例，探討二者之間的關聯。

譜例 4-11：岳西民歌《四季送郎》（商調式）

　　《四季送郎》是一首五聲 LA、SOL、DO、MI、RE 商調式民歌，曲式結構為三段體，是南方及安慶民歌中較為少見的一首大型完整結構的民歌，類似中國民歌中的藝術經典歌曲。它的特點是：

　　（1）商調式規律進行，旋律樂句按商調式骨幹音 RE、MI、SOL、LA、DO、RE 順序發展，曲調風格再現商調式的深沉優美。

　　（2）曲調的第一句主題動機樂句，以低沉的音域經過屬音 LA 和上主音 MI，最後落音在主音 RE 上。段落的結束句也是該主題樂句的發展，使曲調頭尾呼應。樂句之間進行旋律線起伏較大，曲調效果高亢，彷彿內心悲傷憤恨的呼喚情緒再現。

　　（3）第一樂段用散板式節奏，旋律的進行用主音八度（RE-高音 RE），上行跳躍在樂句進行呼喚和宣洩。

　　（4）第二樂段採用四分之二和四分之三節奏，充分發揮上主音 MI 和下屬音 SOL 的反覆出現，使曲調色彩變得輕快明亮，好似敘述內心之事的場景，與第一樂段形成明顯對比。

　　（5）第三樂段用四分之二和四分之三節奏形式，再現第一樂段自由八度上行跳躍進行的旋律，使曲調昇華到情緒高潮，達到三段體 A＋B＋A 的程序效果。

　　類似商調式結構的民歌曲目還有《心腹上的人》、《一把扇子一斬齊》（宿松）等。

譜例 4-12：黃梅戲《〔陰司腔〕基本結構》〔註3〕（商調式）

〔註 3〕 時白林，《黃梅戲音樂概論》，人民音樂出版社，1993 年，第 292 頁。

黃梅戲〔陰司腔〕的基本曲牌是黃梅戲唱腔裏重要且極具特色的板腔，在古裝戲中多用於人物有冤情的唱腔。調式樂句骨幹音進行從不穩定的下屬音SOL 到稍穩定的屬音 LA，再到不穩定下屬音 SOL，最後以低八度落在主音RE 上。波浪起伏式的旋律深沉優美、悲憤激昂，極似一個人哭訴內心的冤情和苦楚。這是刻畫人物內心世界痛苦、悲愴之聲的主要腔調，是黃梅戲唱腔的主心骨。

《四季送郎》和〔陰司腔〕兩曲都屬於同根同族的安慶商調式結構 RE、MI、SOL、LA、DO、RE，樂句調式骨幹音都是從不穩定到稍穩定，再到更不穩定至最後以全穩定而終止。旋律似起伏波浪，曲調優美深沉，〔陰司腔〕的取材吸取了《四季送郎》的內在結構調式精華。兩曲的主題動機和落句為同一個基音：

雖然旋律發展進行曲式結構長短篇幅不一，調式骨幹音使用的穩定與不穩定位置不同，但全曲情感厚實深沉、悲哀激昂且優美動聽的效果相同，是基因相同的兩個不同模式發展。

八、不完全終止結束音的民歌與黃梅戲音樂

在安慶民歌中，最後一句落音按調式常規都落在完全終止的主音上，但也有不少安慶民歌曲目結束並不落在主音上，而是落在主音上方二度的音，因此形成不完全終止結束音的民歌。如宮調式結束落音應在主音 DO 上，但 DO 音後面又接上一個主音上方二度的 RE 音尾巴，全曲成了不完全終止狀態，這是安慶民間歌曲中有特色的半終止技法。

北宋時期的民歌已有這方面的技法記載，將主音稱為調頭，把終止稱為煞聲，把落音在主音上的完全終止稱為主煞。把不能盡歸本律，即未能落於主音上的終止，分別稱為偏煞、側煞、寄煞、元煞等。這種技法能給曲調旋律留下並展開巨大的延伸空間，詞意是「言己盡、但意末了」，音樂是「聲已完、餘音饒」。黃梅戲的曲牌體花腔和板腔體平詞中的很多唱腔都採用了這種手法，

目的是為完滿地完成人物內心世界複雜感情的轉換。這種落句的不完全終止手法，也成為黃梅戲男女花腔、平詞、對板曲調的作曲技法完成的最大特色，是安慶民歌與戲曲音樂共有的親緣技法內涵。

譜例 4-13：桐城民歌《鬍子蒼蒼也唱歌》

胡子苍苍也唱歌

該曲是一首沒有羽 LA 音的四音階宮調式民歌，結束落音在主音 DO 的上方二度 RE 音上的不完全終止。全曲六個樂句，第一、二兩句歌詞「年紀輕輕不唱歌、你留精神做什麼」相應兩個樂句，第一次出現主音落上方二度的程序，第三、四兩句歌詞「張果老站在雲端上、鬍子蒼蒼也唱歌」相應兩個樂句，再次出現主音落在上方二度的程序，第四樂句歌詞重複「也唱歌」樂句進入完全終止。每個程序都是開放性樂段，第五句歌詞昇華點題「唱起山歌做生活」樂句進入主音上方二度的 RE 音，賦予極大的嚮往之情。四個樂句都在宮調式主音 DO 屬音 SOL 上主音 RE 上進行，中音 MI 作為過渡音未改變調性。《胡》曲雖有特色，但全曲平穩單調。

結束落音在主音上方二度的曲目，在各地域的安慶民歌中並不少見，曲目有《八仙慶壽》（懷寧）、《慢趕牛》（安慶城區）、《伸手容易縮手難》（安慶城區）、《趕雞》（望江）等，它拓寬了民歌旋律的不斷進展。結束落音在不完全終止的黃梅戲唱段有《互表身世》（《天仙配》董永唱段）、《賣身紙》（《天仙配》董詠唱）、《那一日漫步碧空遊》（《牛郎織女》織女唱段）等。

譜例 4-14：黃梅戲《手提羊毫喜洋洋》(《女駙馬》女聲選段)

這是一首落音在主音 DO 上方二度 RE 音上的黃梅戲唱段，這種表現人物內心情感的重要技巧使用之處其實很多。《手》是女聲演唱曲目，取用了黃梅戲男腔平詞而創作。男平詞多以宮調式結構，全曲共五個樂句，每句落音都在主音上，曲調穩重大方。但第一和第五樂句「喜洋洋」和「狀元郎」的旋律出現了宮調的兩個不穩中音 MI 和下中音 LA，也可認為有羽宮交替手法的介入。此段旋律明亮優美，旋律運用高腔甩腔手法，每句都採用長達四小節的甩腔進入終止，最後落音在半終止 RE 音上。曲調別具一格，使劇中女主角的形象陽剛又嬌美。

譜例 4-15：黃梅戲《賣身紙》（結束句落音在主音上方二度的男腔平詞）

卖身纸
（《天仙配》董永唱腔）

這是一首宮調式曲目，結束句落音在宮調式主音 DO 的上方二度的 RE 音，曲調為不完全終止。這是黃梅戲《天仙配》董詠的唱段，歸屬於黃梅戲唱腔男平詞範疇。深沉悠揚的旋律是董永忠厚老實的形象的刻畫，突出賣身葬父觸及心靈的唱詞，通過技法深度的設計唱腔與戲劇形象的結合。第一句唱詞和第一個樂句「賣身紙寫的是」，第二句唱詞第二樂句「無掛無牽」、第三句唱詞和第三個樂句「到如今哪來的娘子牽連」、第四句唱詞和第四個樂句「倘若傅家將你作踐」、第五句唱詞和第五個樂句「叫我董永」，落音都是在本曲宮調式的主音 DO 上。

曲調五個樂句延綿的不斷終止顯得深沉悲傷，基本達到了詞意和人物的心情效果。但是到了最後一句即第六句唱詞和第六個樂句「怎能心安」，曲調落句音突然轉到主 DO 的上方二度 RE 音上，使曲調伸向了一個廣寬的空間，似乎有漫無邊際的旋律可以與 RE 音來接軌，與此時人物的不安和焦慮的心情非常吻合貼切，接下來是七仙女接唱「勸董郎」（《路遇》選段）。這個落音在主音上方二度的傳統技法，把天仙配中七仙女和董永兩個可愛的形象和樸實無瑕的愛情故事演繹得入木三分。

此處將上例的民歌和黃梅戲唱段進行比對，可以看出：

（1）《胡》闡述的是「張果老鬍子蒼蒼也唱歌」的瀟灑情緒，《手》歌詞表達的是一位閨秀女扮男裝中選了狀元時，手拿羊毫揮筆告知家人的愉悅豪放之意，兩曲歌詞都是七言體，詞曲題材表現形象一致。

（2）《胡》和《手》兩首曲調同樣選擇了穩重的宮調式曲式，結束句都在落音在主音 DO 上，後延伸到上方二度 RE 音上結束，準確表述歌詞中兩位男女英雄壯志未酬的意境。

（3）《手》曲把民歌《胡》的不完全終止手法，繼承發展變化得更加完美一層。

（4）《胡》和《手》兩曲結束落音都為不完全終止，是曲調旋律發展的基本技巧。從以上《胡》、《手》、《賣》三首為例的現成定型黃梅戲唱腔中可以看出，在最主要的主調音樂中，男平詞、女平詞及男女反平詞及對板裏都大量的採用了安慶民歌曲調結束句落在主音的上方二度的旋法技巧，並作為黃梅戲板腔體的男女平詞的主心骨，將人物的戲劇刻畫與音樂表達的深度相結合，是黃梅戲唱腔旋律發展的一個重要技法，使黃梅戲唱腔故事和人物描述生動有力。這種結束落音在主音上方二度的不完全終止技法，是安慶民歌和黃梅戲唱腔傳承發展的點睛之筆。

九、民歌對唱與黃梅戲音樂「男女對板」

1. 黃梅戲《花腔對板》從安慶民歌中產生

譜例 4-16：岳西民歌主題動機《手扶欄杆調》

譜例 4-17：懷寧民歌主題動機《手扶欄杆》

譜例 4-18：黃梅戲花腔對板《打豬草・對花》

　　譜例 4-16、4-17、4-18 都是安慶民歌共有的徵調式中心主題音調，它在安慶市八個區域普遍存在，幾乎占民歌總數的一半。五聲 SOL、LA、DO、RE、MI 徵調式，沒有 FA 和 SI 音。音域不寬屬於安慶旋律的三度行腔，曲調平和與安慶方言語音語調一致。

　　樂句與歌詞都有對板格式，第一樂句和第二樂句都是模進關係，這是最早生存於安慶土壤的原始基本音調，只是歌詞題材和內容字數不一樣。譜例 4-18 的調式調性、旋律進行、骨幹音數、風格、韻味與譜例 4-16、4-17 的內涵形式幾乎完全相同，可以說黃梅戲《花腔對板》是從民歌中直接運用的。這也是黃梅戲男女聲對唱對板的雛形，被認為是黃梅戲對板的第一個起步階段。

2. 岳西民歌和青陽腔、岳西高腔音樂的融合

譜例 4-19：岳西民歌《報花名》

　　（1）安慶岳西民歌《報花名》（譜例省略十一段歌詞），是一首產生在岳西偏遠深山老林白蜎區的民歌，是農村男女用「報花名」為題目，用問答的溝通方式談情說愛。全曲有十二段歌詞，用民歌的九字句問答出一年十二個月每一個月的花名。讓人賞心悅目地看到正月門前花、二月地菜花、三月桃子花、四月小麥花、五月黃瓜花、六月蕎麥花、七月早谷花、八月葫蘆花、九月小菊花、十月百草花、冬月小雪花、臘月蠟燭花。

　　（2）這是一首 RE、SI、MI、LA、DO、SOL 六聲徵調式曲目，是安慶地區徵調式基音在岳西的發揚，此類在岳西民歌數量較多。這首曲目的結構打破

民歌四句頭規範性，問句是二個樂句十二小節的完整樂段，上句是落在上主音LA 上，顯得旋律的不穩定感，下句落在主音 SOL 上完全穩定終止結束，這是安慶民歌常見的進行式。答句音樂結構和問句一樣，但只有七小節，是問句的壓縮。從曲調的結構來看，第一到第六小節是問句，第七到第十一小節是答問，兩個六小節的樂句都是男女對唱格式。第一樂句為男聲音域與女聲同度演唱，第二樂句旋律是第一樂句的模進為女聲接唱，第十三到低十九小節是重複句，但因歌詞和旋律不太吻合，所以重複句變成答句，這也是原始民歌的不完整性，但黃梅戲對板的基礎結構，在民歌中早已具備。

（3）音樂主題動機是第一第二小節，首先出現調式的屬音 RE 和中音 SI 及下中音 MI 到主音 SOL，從穩定到不穩定，從不穩定到穩定，運用了七度下行大跳（RE-低音 MI），使動機有強烈的情感個性和發展空間。問句裏的第一個樂句是動機，第二個樂句是動機發展模進，規範的音樂主題也是黃梅戲對板的基本結構。《報》的歌詞為十字句結構，「真月裏什麼花人人所愛，什麼人手牽手同窗三載」。

岳西民歌《報花名》的結構是在岳西本土民歌《手扶欄杆》基礎上吸收了青陰腔、高腔 SI 音，但兩曲的調式調性、旋律對板基本結構一致，這是民歌和戲曲音融合的新型土壤，也是黃梅戲男女聲對板形成的第二個發展階段。

3. 黃梅戲《平詞對板》從《花腔對板》和民歌《報花名》演變而來

譜例 4-20：黃梅戲《報花名》（《藍橋女》選段）

報花名

選自《藍橋女》家玉霜、魏魁元唱段
（严凤英、茗少晴演唱 夏秀陶记谱）

黃梅戲平詞對板《報花名》（《藍橋女》選段，以下簡稱《報·藍》）是一首六聲徵調式曲目，主題動機是第一第二小節，屬音 RE、中音 SI、下中音 MI 和主音 SOL，從穩定到不穩定、從不穩定到穩定的動機主題，也顯示出徵調式

第一主和絃 SOL、SI、RE 在旋律中的運用，曲調和諧又有風格性，旋律的下行七度大跳，增強著旋律的起伏感。

　　問答式的樂句的問句落在徵調式稍不穩定下屬音 DO 上，答句落音在穩定結束的主音 SOL 上，旋律簡單明瞭。第一、二樂句採用了旋律四度行腔和模進手法進行，顯示出男女對板旋律和同度對唱的形式。唱詞是規範的七言句體，「許我姻緣何品得現、八月十五月團圓」，問答式內容準確並富有詩意。

　　《報‧藍》採用了民歌《報》的主題動機、旋律的下行七度大跳、上下句四度模進進行、男女聲同度演唱、樂句問答句式結構、骨幹音 SOL、SI、RE 和絃的支撐等技術精華。《報》作為民歌，詞曲結構略顯冗長。

　　《報‧藍》從旋律到唱詞更規範對稱，便於口語化的人物對白對唱，曲調優美動聽，簡單明亮，它不僅像花腔中的對板，保持在一個調高裏演唱，也可以像平詞唱腔那祥，男女互轉時進行同主音不同宮系的調性轉換演唱，因此現在統稱「男女對板」。演唱形式可以男聲先唱，也可以女聲先唱，可以一人唱一句，也可以一人唱兩句或半句，甚至也有一人唱對板。

　　黃梅戲《報‧藍》和民歌《手扶欄杆》的調式調性、旋律對板與大跳走向、SI 音的運用等內涵結構基本一致，《報》顯示出民歌的原初之型，《報‧藍》繼而發展成熟，這是黃梅戲男女聲對板產生和發展的第三個階段。

　　4. 編創曲目《樹上的鳥兒成雙對》的產生

譜例 4-21：黃梅戲《樹上的鳥兒成雙對》

樹上的鸟儿成双对
(《天仙配》七女、董永对唱)

將《手扶欄杆調 1》、《手扶欄杆調 2》、《報花名》三首民歌和三首黃梅戲唱段《打豬草‧花腔對板》、《平詞對板基調》、《樹上鳥兒成雙對》比對發現：

　　《報》、《手》、《樹》比對顯示，《樹》A 段是在《手》、《花腔對板》和《報‧藍》（平詞對板）的基礎上產生和發展的。《樹》A 樂段男女對唱吸取了民歌《報》曲的結構發展，為六聲 SOL、LA、DO、RE、MI、SI 徵調式，將第一、二兩個樂句旋律的四度模進、男女同度對唱、變換色彩的 SI 音、下行七度（RE-低音 MI）跳躍等技法精華納入。

　　旋律進行上，《樹》綜合了花腔對板的第一句和平詞對板的第二句，問句都落在上主音 DO 上，答句都落在主音 SOL 上。兩個不穩定 LA 和 SI 的運用似有轉調之效，既保留了傳統又有旋律發展和調式調性運用上的突破。《樹》按對板規律行走，卻減掉了七度下行跳躍，使旋律意境積極向上且歌唱性很強，即繼承了《報》和《藍》的基音，又根據歌詞準確完滿地創作出現代化又符合大眾口語化的旋律，極大地傳承和發展了傳統曲牌。

　　《樹》歌詞「樹上的鳥兒對雙對、綠水青山開笑顏……」，是為表現純真愛情的立意。男耕女織的生活化、歌詞旋律的口語化、情感化與旋律配合貼切有血肉之效，廣為人們喜愛。

　　《樹》的 B 段，展現了黃梅戲唱腔傳承和發展上極大成功，重點表現在：旋律進行形式上的第一個突破，即 B 段的男女聲二重唱。黃梅戲作曲家時白林利用西洋作曲技法，從詞的「你我好鴛鴦鳥、比翼雙飛在人間」開始，用大展開的手法二倍式拉開了旋律原節奏，使音程舒展明亮，把展開第一句落在屬音 RE 上，使曲調具有動感，最後一句音域像飛鳥一樣衝向高音 DO，使全曲達到高潮，前後兩段體旋律和調性形成明顯對比，曲調優美大氣，使原始《報‧藍》的曲牌插上了優美的翅膀。

　　曲調結構的第二個突破是用西洋和聲作曲法把此曲發展為二個聲部。二個聲部的和聲進行並非徵調式和聲，是遵循黃梅戲四度旋律和聲 SOL、SI、RE 關係，把男腔向低行走，用男女聲同度和二重唱來完成這首曲目，準確地傳承和極大地發展了男女聲對板唱腔，填補發展了黃梅戲唱腔設計的空白，可稱為中國式男女聲戲劇的經典重唱，為中國戲曲唱腔的傳承發展作出了代表性的佳績。

　　從《手》到《報》到《報‧藍》到《樹》多個步驟的繼承和發展，都展示出它們之間同根同族的源流關係。黃梅戲音樂家至今也都難區分《花腔對板》、《彩腔對板》、《平詞對板》之間的細微差別，因此現在統稱為黃梅戲的「男女唱腔」。

第二節　安慶民歌與本地稀有劇種

　　多種戲曲聲腔之間的滲透變用在安慶地區較為常見，以安慶岳西民歌《正月和姐說私情》、安慶岳西高腔《土地公調》與黃梅戲唱腔《天仙配・路遇・槐蔭開口把話提》三首曲目分析，可以探討民歌與戲曲聲腔之間的滲透變用之關係。

一、岳西民歌、岳西高腔與岳西黃梅戲音樂的滲透變用

譜例 4-22：岳西民歌《正月和姐說私情》

　　安慶岳西民歌《正月和姐說私情》來源於地處大別山山脈的安慶市岳西縣，跨越多地市的大別山民歌（安徽六安市申報）既是國家級非遺項目，也是皖西民歌的寶庫，同時岳西民歌還融合了荊楚和吳越的文化特徵。這首民歌的旋法為三度行腔，無四度以上的大跳，也是大別山民歌常見特徵。

　　《正》全曲四個樂句十三小節音樂，都在三度以內上下進行，曲調平穩不單調。歌詞僅有兩句，襯詞幾乎佔據全曲的一半長度。這首民歌的六聲徵調式結構並非前文提及的安慶民歌基音徵調式的常規特徵，其中 FA 音的出現增強了旋律的情緒色彩和敘事結構，是安慶地區民歌中岳西縣所獨有的風格，此類曲目為數不少。

　　安慶岳西高腔《土地公調》同樣來源於安慶市岳西縣，安慶岳西高腔作為古老的地方稀有劇種，是第一批國家級非遺項目，也是明代青陽腔的餘脈。具有四百多年歷史的高腔流傳在岳西大別山地域，古樸雄渾與典雅清新的風格兼具，歷史與藝術價值極高。六聲徵調式岳西高腔唱段《土地公調》是與岳西民歌《正月和姐說私情》結合的產物，王兆乾提及這首高腔的曲牌名稱未知，但黃梅戲的源發地帶是過去高腔和道情流傳之地，因此會吸收高腔的劇目加以通俗化，黃梅戲的仙腔就自然地既近乎道情，又似於高腔。

譜例 4-23：岳西高腔《土地公調》〔註4〕

岳西高腔
（"路遇"土地唱）

王会玥唱

青陽腔於明嘉靖之前成形，在萬曆年間興盛，明末清初跨長江溯皖河北上，傳入今岳西地域，融入本土文化。今岳西大別山上五河、白帽地區仍有高腔班所的遺址舊存，劇目尚有一百八十多種。岳西民歌《正和姐說私情》等數十首民歌產生於五河、白帽地區，結構雖各有不同，但主題基音基本相同。據上五河老藝人王會明回憶，舊時岳西高腔劇目中就有「路遇」、「分別」兩折戲，內有土地公上場的唱腔（《土地公調》），這再次證實該曲是岳西民歌和青陽腔餘脈岳西高腔結合的產物。

黃梅戲《槐蔭開口把話講》是《天仙配·路遇》中的唱段，該曲根據岳西高腔《土地公調》旋律唱詞改編，擬人化的媒人槐蔭樹形象和唱腔家喻戶曉，是黃梅戲的〔仙腔〕的經典曲目之一。

民歌《正》、高腔《土》、黃梅戲《槐》這三首曲目的主題音調同屬一個基音。在高腔曲目中，它使用了高腔旋律板腔式走法，曲調更為戲劇化，是民歌在戲曲裏的發展和延伸。同為六聲徵調式 RE、MI、DO、LA、SO、LFA，高腔《土》的旋法為四度行腔 LA-高音 RE，比民歌《正》的三度行腔高一度，風格更顯明亮。黃梅戲《槐》的歌詞、音階、旋律、曲式結構與高腔《土》相同，僅唱詞結構略異。

〔註4〕 王兆乾，《黃梅戲音樂》，安徽文藝出版社，1958年，第32頁。

譜例 4-24：黃梅戲《槐蔭開口把話講》

槐荫开口把话提

（槐荫树、董永、土地、七仙女对唱）

兩曲的第一、第二兩樂句與第四結束樂句旋律及甩腔走向幾乎完全相同，僅第三樂句的詞曲變化較大。黃梅戲《槐》的曲調發展得更完整，主題的反覆運用使旋律更具線條感，甩腔的運用增強了戲劇化表達。兩首詞詞意句數完全一樣，「老漢」改成了「槐蔭」，加上一句「董永吶」使曲調更加生活化，凸顯舞臺的表演色彩。由此可以看出，岳西民歌、岳西高腔、黃梅戲音樂是如何在安慶文化土壤中互相滲透融合的。

以上譜例比對可以看得出，岳西民歌、岳西高腔、黃梅戲音樂互相滲透融合，民歌為黃梅戲裏的花腔、彩腔、主調音樂唱段提供了不斷的源泉。黃梅戲的音樂組成較為複雜，對兄弟戲曲聲腔的借鑒屢見不鮮。

黃梅戲花腔小戲《釣蛤蟆》中有三首使用了高腔，原始的五聲商調式及其音樂風格的古樸感仍保留在其中。《山伯訪友》、《小尼姑下山調》、正本戲劇終的《團圓調》等均使用了來自高腔的唱腔。然而，民歌《正》、高腔《土》、黃梅戲《槐》這三首曲目可以例證，戲曲之間互融與變用的源頭仍可以溯源到民間音樂的母體——民歌。

二、宿松民歌與宿松文南詞

宿松地方稀有劇種文南詞歷史悠久，清末謝敬仁《南鄉詩草・省親偶見》

詩曰：「翁操四胡桂樹下，妹弄漁鼓唱四嫁，婦孺迷戀文南詞，日落西山不歸家」。文南詞有各種曲牌體小調，有文詞、南詞、平詞等板腔體。文詞以商調式為特色，也有宮、徵、羽調式的唱腔音樂。南詞多以徵調式為主，也有宮羽或各種調式交替的聲腔曲目。

　　文南詞的文詞是湖北的北詞，落地適應於安慶宿松，變成宿松風格的文南詞，其中湖北音樂的因素也十分突出。以宿松民歌《十恨1》與宿松文南詞的文詞唱腔《蘇文表借衣》、宿松民歌《十恨2》與宿松文南詞的南詞唱腔《鐵板橋點藥》為例，追溯二者之間的根源和演變。

　　1. 宿松民歌《十恨1》與宿松文南詞的文詞唱腔《蘇文表借衣》

譜例 4-25：宿松文詞《蘇文表借衣》（正板唱腔）

　　《蘇文表借衣》是宿松一帶家喻戶曉的文詞慢板，只有文場沒有武場，類似彈詞、詞話之類的說唱。文詞音樂有正板、慢板、敘板、快板、哭板等。正板和慢板的句式和曲式基本相同，不同的是正板為一板一眼，慢板為一板三眼。此曲起伏的節奏型將旋律線拉開，使之張弛有度跌宕起伏。這首商調式曲目 RE、MI、SOL、LA、DO、RE，主題動機為宿松、湖北地區常見的大二度關係。

　　以高音區的主音出現，開腔曲調簡單明朗。全曲圍繞大二度主題使用和展開，在大氣明朗之餘，兼備高聲吟唱之美。最具特色個性的樂句是在大二度旋律進行中，於第四小節出現上行七度 LA-高音 SOL 大跳、第七小節和第十二小節出現上行五度 LA-高音 MI 大跳，使旋律具備動感，昇華了曲調的特色。

最後兩小節結束句作為此曲的主題動機，大二度進行中兩次落音強調在導音 SOL 上，出現曲調在繼續進行中的不穩定感，結束句落主音 RE，旋律級進下行，這與開始句的動機主音高音 RE 形成由始至終的對比呼應，將人物的音樂情感完美表達。音域為一個八度，降 B 的定調是人聲演唱最舒適和優美明亮的聲區，這也增強了文詞旋律的豪放感。「天上星星朗朗稀，莫笑窮人穿破衣」兩句歌詞，採用板腔體上下句結構形式，用兩個樂句十四小節音樂完成，其中的語氣襯腔襯詞銜接著曲調的發展，配合了濃鬱的宿松方言風格。這首文南詞的基本曲牌是文南詞音樂的代表唱腔，結構容量較大，適合多字數的句詞，用以表現各類的故事情節。

譜例 4-26：宿松民歌《十恨 1》

恨声二爹娘　爹娘个无主张　男大 女大　两相 当哎　还不办嫁 妆？

《十恨 1》是宿松本地民歌，具有古樸的五聲商調式風格，旋律音程前四個樂句在調式下屬音 SOL 和屬音 LA 上進行，有明顯的宿松地域徵羽調性色彩，曲調顯得平穩又有比對，最後的落句是此曲的主題動機。

《蘇文表借衣》與《十恨 1》二曲相比較，文南詞《蘇》的主題動機與宿松民歌《十》的主題動機大同小異，同屬商調式，在 SOL、LA、MI 與 DO 骨幹音中交替進行到主音結束。在同一調性之內以不同的旋法風格，展現出各自的共性與個性。

2. 宿松民歌《十恨 2》與宿松文南詞的南詞唱腔《鐵板橋點藥》

譜例 4-27：宿松民歌《十恨 2》

十恨

宿松 严炳水 唱
陶 溪 记

一恨我的娘，　爹娘来无主张，　男大 女大 两相 当　哎, 还不办嫁　妆？！

《十恨 2》這首五聲徵調式民歌是宿松最早的基礎四句頭民歌，主題動機樂句落音在調性的屬音 RE 上，有較平和的開頭。第二樂句「爹娘來無主張」，落音在調性的下屬音 DO 上，使旋律有動感。第三樂句「男大女大」落音在調性的下中音 MI 上，第四樂句「兩相當哎」落音在調性的下屬音 DO 上，最後

一樂句「還不辦嫁妝」落音在徵調式的主音 SOL 上，這是安慶地區宿松特有標記性的主題音調。

譜例 4-28：宿松南詞《鐵板橋點藥》

铁板桥点药

（吕洞宾［生］唱）

张 老 八 唱
管丁年、朱红声 记谱

　　南詞是文南詞的第二主腔，其唱腔音樂與蘇浙音調、含弓戲、江西弋陽腔、青陽腔、岳西高腔等音調都有淵源關係。《鐵板橋點藥》屬於文南詞的「仙人腔」，腔多字少，曲調流暢、節奏輕盈。該曲是五聲 DO、RE、LA、SOL、MI 徵調式，骨幹音是 SOL、DO、LA、RE，音域是十度 RE-高音 SOL，在降B 調的音高上行進。

　　第一句歌詞樂句「三十三點天外天哪」，落在徵調的上主音 LA 上，起句有不穩定繼續之感。第二句歌詞樂句「上八洞神仙降下凡間」，落在徵調屬音RE 上，有半終止感。第三句詞樂句「神仙也本是那凡人來修煉呀」，落在主音SOL 上，是完全終止落句。

　　骨幹音的進行順序是 LA-RE-SOL，與文詞正好是反向 LA-SOL-RE 終止在 RE 音。三句歌詞三個樂句構成本曲上句，是一個完整的曲式結構。下面三句歌詞「怕只怕凡人修煉不全，叫童兒你與我藥箱背起，我要到鐵板橋會會牡丹」為曲調下句，旋律音樂基本上重複再現。

　　《恨》和《鐵》同為徵調式結構，旋法為四度行腔（LE-高音 RE、高音DO-SOL），旋律骨幹音進行的規律是 LA-DO-RE-SOL。同文詞一樣，南詞也在宿松找到生存的土壤，這是宿松民歌和宿松文南詞的淵源關係，宿松風格的文南詞也成為安慶地區的特色稀有劇種。

三、同一技法──潛山彈腔和潛山民歌的調式交替

　　《郎》曲演唱者佚名，王如發記譜。這是一首五聲徵調式民歌，羽徵調式交替。全曲分為分三個樂段，第一個樂段十二小節二句歌詞「郎有心來妹有心、不怕山高水又深」，調式按羽徵性質交替進行，旋律骨幹音按 RE、LA、SOL 的四度行腔行進，全曲顯得有對比，曲調明亮寬廣，表現山歌慢趕羊的意境。第二樂段十二小節二句歌詞「山高自有人行路，水深也有擺渡人」，重複第一個樂段的調式和旋律進行，個別小節音高稍有變化。第三樂段十五小節二句歌詞「擺渡人唎擺渡人，相交一夥夥，只要郎心合妹心」，調式結構和旋律走向重複再現第一樂段，但擴充三小節為增加襯詞襯腔。這首詞曲雖然結構有三段，但曲式還是簡單的一段體結構。

譜例 4-29：潛山民歌《郎有心來妹有心》

郎有心来妹有心

（慢赶羊）

潛山市

譜例 4-30：潛山彈腔《安祿山在河東曾起反境》

安禄山在河东曾起反境

（《郭子仪上寿》郭暧[小生]唱腔）

许敬台 演唱
韩华胜 记谱

　　彈腔在清乾隆年間（1736～1795）已經存在，早期是外來弋陽腔等音樂元素和當地民歌小調結合的原型。當地藝人錯用方言和改調歌之，用本地土語演唱，逐漸形成了一種聲腔叫「彈腔」，當時已有官莊鄉彈腔班。1799～1883 年，余家井出現林家徽班幾十餘人。光緒年初汪焰奇老藝人領唱徽班，在以許家阪為基地也唱徽班，同時還組織教習彈腔。潛山黃泥程家井的程長庚（1810～1879）也唱徽班，因他的師傅唱彈腔。潛山地區的音樂發展是民歌─彈腔─徽班─京劇之間互為源流並相互影響。

　　彈腔唱詞是七字句和十字句的上下對偶句，板腔體音樂豐富，有西皮、二簧、二簧平、滾板、來板、三板頭、齋板、數板、搖板等。《安祿山在河東曾起反境》是彈腔的一首西皮原板，六聲 SOL、DO、MI、LA、SI、RE 徵調式曲目，全曲十一句唱詞六個樂段。

　　第一段唱詞一句和第一樂段「安祿山在河東曾起反境」為全曲主題句，音樂是板腔體上下句結構，上句為 SOL 下句為 LA，調性為徵羽交替，落音在LA 上。旋律以八度下行（MI-低音 MI）走向和 SI 音走向，突出旋律的戲曲板腔敘事風，以下各樂段均按此規律進行。第二段唱詞二句和第二樂段「那賊子打戰表要奪朝庭，蒙先生李太白啟奏一本」，第三段唱詞二句和第三樂段「我父子領人馬上去把賊征、與賊冠打一仗不能取勝」，第四段唱詞二句和第四樂段「多虧了長野仙鹿野道人、施飛沙和走石連天大陣」，第五段詞二句和第五樂段「山澗不一命歸陰、收伏了那賊子狼煙歸盡」，共五個樂段音樂調式調性結構和骨幹特色音的運用，都再現了第一段詞第一樂段的曲調結構程序，僅僅根據詞的長短和情緒稍加變化。至最後第六段唱詞兩句和第六樂段，曲調的調式調性反向逆轉，由前面五樂段的徵羽交替，反轉為羽徵交替，旋律下行七度（RE-低音 MI）大跳和 SI 的運用不變，最後落音在全曲主音 SOL 上，至完全終止結束全曲音樂。

　　民歌《郎有心來妹有心》和彈腔《安祿山在河東曾起反境》兩首曲目曲名詞意完全不同，前者民歌體裁格式唱腔附著襯腔襯詞演唱，後者唱詞用甩腔行進旋律為戲曲化的體裁，但二者的曲調音樂發展進行有許多共同規律。如，曲目都是徵調式、主題動機和全曲骨幹音程結構都運用四度行腔、調性為徵羽交替的進行趨式、詞曲是三段結構、曲調是篇幅較長的一段體結構（彈腔又稱為上下句）等。由此看來，安慶稀有劇種的音樂源流與本地民歌密不可分。

四、基因同族——懷寧夫子戲與懷寧民歌

譜例 4-31：懷寧夫子戲《大補缸》

大补缸

电影《女驸马》冯素珍唱

孙金龙等演唱
何晨亮 记谱

該曲根據原始錄音記譜，唱詞不清晰用 XX 代替。

譜例 4-32：懷寧民歌《慢趕牛》

慢赶牛

怀宁 张友俊等 记谱

　　兩首曲目同屬五聲 RE、LA、DO、MI、SOL 徵調式曲目，最後兩小節為
主題音調，是二曲共享的安慶懷寧共有主題樂句。旋律骨幹音為 LA 和 RE，
按上行 LA-高音 RE 和下行高音 RE-LA 四度行走的四度行腔，這也是懷寧語
言約四度音高聲調，曲調風格略顯單調但明亮優美。《慢》是民歌山歌，夫子
戲《大補缸》在同樣調式進行的旋律加上鑼鼓點，適用於演員舞臺表演人物

和故事情節。從音樂上比對，二者是懷寧地區同宗一族兩個不同的民間藝術形式。

五、弋陽腔與太湖民歌揉合的產物──太湖曲子戲

太湖曲子戲俗名曲子或叫唱曲子，明代中期移民從江西瓦屑壩、鄱陽湖、饒州、弋陽等地遷入太湖，將江西的弋陽腔與太湖民間的山歌小調結合，用本地方言在太湖縣的北中、彌陀、牛鎮、黃鎮、寺前等多地不斷地演唱演出。一百多年來，當地只要有較大的村莊、識字者和鑼鼓樂班，就會有業餘的農民曲子戲班社出現。當地過年、戲燈、出會、節日、做新屋、生男、壽慶、婚嫁、進學、做官等人生儀式中，農民戲曲班社的演出必不可少，具有「喧鬧」的特徵。另有半職業演唱的道士班社專為白事做法事，為求一方平安和人畜興旺，平安、打社醮、國醮、出廟會便由道士班社在舞臺演出大型劇目，時長為三天三夜或七天七夜。每當人手不夠之時，便邀請當地的農村班社加盟。如此在地方生活中的長期實踐，這種演唱逐漸形成了曲牌體的太湖曲子戲。

曲子戲是圍鼓坐唱，一唱眾和，聲調高亢激越唱腔多為曲牌體，一戲一曲有固定的板腔。演唱時用鑼鼓樂器伴奏，有扁鼓、大鼓、大鈸、大鑼、蘇鑼、馬鑼、小鈸、吶子、無弦樂等，傳統劇目有《王靈官掃殿》、《大傅談經》、《長阪坡》等八十多部。由於曲子戲戲班結構鬆散以及現代社會需求改變等多種原因，該劇種目前處於瀕危狀態。

譜例 4-33：太湖民歌《單身歌》

单身歌

太湖大山公社大畈
大队李秋菊 口述
陈培春 记谱

這首五聲 SOL、LA、RE、DO、MI 徵調式曲目，四度行腔（低音 LA-RE、RE-低音 LA）行進，旋律跳躍不大曲調平穩。運用安慶民歌少見的四分之一拍節奏型，敘事感較強。歌詞是安慶民歌的五句型風格，通常以第五句點題來強調主題和重點。

譜例 4-34：太湖曲子戲《忍字心頭一把刀》

忍字心头一把刀

选自《同居》张公义（老生）唱段

田和祥 演唱
陈培春 记谱

這首五聲 MI、LA、SOL、DO、RE 徵調式曲目，旋律行進是四度行腔，曲調結構採用安慶民歌常用的調式交替技法，即羽調式和徵調式交替。全曲十句歌詞分五個樂段，曲調按二句詞為一樂段進行，每一樂段兩個樂句，分別為上句和下句，按 LA 和 SOL 調式風格進行。

後面的四個樂句，重複再現第一樂句調式旋律格式進行，僅詞意不同再與樂句之間的銜接需要節奏音型就有變化。即「忍字心頭一把刀、為人不忍禍先達」為第一樂段，「君若忍掌朝綱、臣若忍常伴君王」、「父若忍子在身旁、子若忍孝敬爹娘」，「兄弟若忍家興旺、妯娌若忍不分張」，「親戚若忍常來往，朋友老忍耐久長」為二、三、四、五樂段。

這首唱詞充分展現了中國傳統的倫理道德說教，曲調類似民歌《單身歌》簡單平穩的風格。為了表達「忍」字，採用弋陽腔的高調門幫唱手法，使曲調動之聽中帶有激昂的情緒，是太湖民歌和弋陽腔揉和的獨特風格。

《單》和《忍》兩曲同屬安慶地區共有的徵調式結構，擁有安慶共同基音的主題樂句：

曲調音程按四度行腔 LA-高音 RE 和高音 DO-SOL 行進，調式調性都有羽徵交替趨勢（LA-SOL、SOL-LA）。

小結

從上述的論述例證可以看出，安慶民歌一直被戲曲音樂所吸收內化，這是安慶民歌被湮沒的緣由之一。另一關鍵性的因素是，安慶行政區劃的多次歷史變更造成相關人員和專業人士的流失和不在崗，這也導致了安慶民歌的原貌如今已經模糊不清，甚至不為人所知。但毫無疑問的是，安慶民歌為皖西南戲曲音樂的發展提供了取之不竭的音樂源泉。

安慶民歌的音樂內涵被大量運用在皖西南的多種戲曲聲腔之中，安慶民歌與本地特色劇種黃梅戲、其他與稀有劇種如宿松民歌與宿松文南詞，懷寧夫子戲與懷寧民歌、太湖曲子戲與安慶太湖民歌、潛山彈腔（京劇母體）與安慶潛山民歌之間，以及黃梅戲與安慶桐城民歌之間都有著深刻的血脈牽繫。

安慶民歌內涵的延伸，展現著中國傳統音樂發展的自然規律，即從方言—民歌—說唱—曲牌—板腔體音樂的演變歷程。安慶民歌是深藏的民間音樂寶藏，它類似河流之源，在歷史中緩緩地將皖西南的戲曲音樂彙集成蜿蜒長江之水。

參考文獻

一、專著

1. 李重光，《基本樂理》，上海文藝出版社，1980 年。

2. 王兆乾，《黃梅戲音樂》，安徽文藝出版社（再版重排本），1984 年。

3. 苗晶、喬建中，《論漢族民歌近似色彩區的劃分》，文化藝術出版社，1987 年。

4. 時白林，《黃梅戲音樂概論》，人民音樂出版社，1989 年。

5. 楊春，《樂海濤聲》，中國文聯出版社，1999 年。

6. 班友書，《古劇青陽腔》，安徽文藝出版社，2002 年。

7. 〔匈〕貝拉·巴托克、金經言譯，《匈牙利民歌研究——試論匈牙利農民曲調的體系化》，中央音樂學院出版社，2004 年。

8. 江明惇，《漢族民歌概論》，上海音樂出版社，2004 年。

9. 江明惇，《中國民間音樂概論》，上海音樂出版社，2016 年。

10. 徐子芳，《美學與一般藝術新論》，東南大學出版社，2009 年。

11. 《安慶市文化志》（1978～2005），安慶市文化廣電新聞出版局，2005 年。

12. 葉瀕、張志鴻主編，《桐城歌》，黃山書社，2012 年。

13. 陳曉，《文南詞研究》，中國科技大學出版社，2016 年。

14. 田可文，《安徽音樂文化的歷史闡釋》，安徽文藝出版社，2018 年。

15. 本書編委會，《非遺裏的安徽》，黃山書社，2018 年。

16. 望江縣文學藝術聯合會、望江縣檔案局（館）、望江縣音樂舞蹈工作者協會，《望江民間歌謠與音樂》，安徽人民出版社，2019 年。

17. 陳國金，《學唱黃梅戲》，安徽文藝出版社，2021 年。

18. 杜亞雄，《裕固族西部民歌研究》，安徽文藝出版社，2022 年。

二、論文

1. 楊匡民，《民歌旋律地方色彩的形成及色彩區的劃分》，《中國音樂學》，1987 年第 1 期，第 105～117 頁。

2. 張亭，《徽鄉竹聲不斷──懷寧縣石牌鎮戲曲史略》，《志苑》，1987 年第 2 期

3. 趙宋光、喬建中、韓鍾恩，《「集成後」意向「跨世紀」準備》，《人民音樂》，1990 年第 6 期，第 7～10 頁。

4. 張光亞，《安徽稀有地方劇種音樂探研》，《安徽新戲》，1995 年第 1 期，第 60～66 頁。

5. 馮光鈺，《收集整理中國民族音樂遺產 50 年──芻論集成編輯學》，《音樂研究》，1999 年第 3 期，第 17～26 頁。

6. 鍾思第著，吳凡譯，《字裏行間讀《集成》──評宏偉卷冊《中國民族民間音樂集成》》，《中國音樂學》，2004 年第 3 期，第 103～128 頁。

7. 王民基，《與我國各民族優秀音樂文化遺產搶救、收集、審編工作的半生緣──中國民族民間音樂集成編輯審工作回顧》，《黃鐘》，2010 年第 1 期，第 9～15 頁。

8. 王耀華，《「集成」與「集成後」》，《民族音樂》，2010 年第 1 期，第 70～71 頁。

9. 喬建中，《後集成時代的中國民間音樂──關於 55 份民間音樂現狀調查報告的報告》（上），《中國音樂學》，2010 年第 3 期，第 57～62 頁。

10. 喬建中，《後集成時代的中國民間音樂──關於 55 份民間音樂現狀調查報告的報告》（下），《中國音樂學》，2010 年第 4 期，第 86～98 頁。

11. 劉清，《關於山東民歌「集成後」的思考》，《交響──西安音樂學院學報》，2012 年第 2 期，第 62～67 頁。

12. 唐彥春，《文南詞文詞〔正板〕音樂形態與板腔體式探析》，《安慶師範學院學報（社會科學版）》，2012 年第 5 期，第 100～104 頁。

13. 余錫海，《同根同祖兩弟兄──太湖曲子戲與岳西高腔》，《大眾文藝》，2014 年第 14 期，第 183 頁。

14. 安平，《民歌「色彩區」分類研究與區域音樂研究的肇始——以民歌分類問題為核心的學術發展史探究》，《音樂研究》，2015 年第 5 期，第 120～127 頁。

15. 鄭炎貴，《京劇母體藝術——安慶調・潛山彈腔再探》，《中國戲劇》，2016 年第 9 期，第 49～54 頁。

16. 李松，《國家與民眾的共同記憶——改革開放時期中國傳統音樂保護中的國家工程》，《音樂研究》，2018 年第 3 期，第 22～30 頁。

17. 余鵬，《論江淮官話黃孝片與贛語懷岳片的歷史關係》，《語言科學》，2018 年第 4 期，第 434～447 頁。

18. 陳繼華，《皮黃合流——論安慶彈腔聲腔的形成與發展》，《京劇流派的傳承與創新——第七屆京劇學國際學術研討會論文集（下）》，中國戲劇出版社，2019 年，第 246～263 頁。

19. 施詠，《新中國 70 年安徽民歌研究的回顧與思考》，《交響》，2021 年第 1 期，第 19～28 頁。

三、曲譜／歌詞集／圖冊

1. 湖北省文聯音樂部收集、湖北省文化局音樂工作組整理編輯，《湖北民歌選集》，湖北人民出版社，1955 年。

2. 安徽省文化局音樂工作組，《安徽民間音樂・第一集》，安徽人民出版社，1957 年。

3. 《安慶民歌選・第一集》，中共安慶地委宣傳部，1958 年。

4. 安徽省群眾藝術館，《安徽民間音樂・第二集》，安徽人民出版社，1960 年。

5. 安慶地區革委會文化局，《皖河新風：安慶地區民歌選》，安徽人民出版社，1977 年。

6. 《歌曲：1978 安慶作品選》，安徽省安慶地區文化局編印，1978 年。

7. 《民間音樂彙編・第一集》，安慶行署文化局、安慶地區文聯，1980 年 3 月 22 日（油印本）。

8. 《安慶地區民間音樂・第二集》，安慶地區行政公署文化局，1980 年 12 月 1 日（油印本）。

9. 《帶露的花朵：安徽民歌一百首》，安徽人民出版社，1983 年。

10. 安徽省群眾藝術館,《安徽民間音樂‧第三集》,安徽文藝出版社,1988年。

11. 中國戲曲音樂集成全國編輯委員會、中國戲曲音樂集成安徽卷全國編輯委員會,《中國戲曲音樂集成‧安徽卷》,中國 ISBN 中心,1994 年。

12. 中國民族民間舞蹈集成總編輯部,《中國民族民間舞蹈集成‧安徽卷》,中國 ISBN 中心,1995 年。

13. 中國曲藝音樂集成全國編輯委員會、中國曲藝音樂集成安徽卷全國編輯委員會,《中國民間歌曲集成‧安徽卷》,中國 ISBN 中心,1996 年。

14. 中國民間歌曲集成全國編輯委員會、中國民間歌曲集成安徽卷全國編輯委員會,《中國民間歌曲集成‧安徽卷》,中國 ISBN 中心,2004 年。

15. 戴朝慶、崔琳選編,《安徽民歌 200 首》,安徽文藝出版社,2009 年。

16. 何年玉整理,《《孔雀東南飛》故鄉民歌（小吏港民歌)》,安徽大學出版社,2011 年。

17. 崔安西、汪同元編,《中國岳西高腔音樂集成》,安徽文藝出版社,2015年。

18. 安徽省潛山縣文化館編,《圖說潛山彈腔》,安徽美術出版社,2017 年。

19. 崔琳編,《安徽民歌集萃》,安徽文藝出版社,2018 年。

後　記

　　感謝我的父親陳國金！

　　本書是在他畢生耕耘安慶民間音樂基礎之上的研究成果，也是以他為代表的老一代地方音樂工作者心血的另一種呈現。「前人種樹，後人乘涼」，能將上個世紀民族民間音樂集成工作的舉國泱泱成果進一步地深挖發揚，也是筆者這一代或未來數代人對「集成後」研究的價值貢獻所在。